MW00737917

alta///ar

NH

Novela Histórica

Bruño

Director de Ediciones y Producción
J. Ramírez del Hoyo

Jefe de Producción
J. Valdepeñas Hernández

Coordinadora de Producción
M. Morales Milla

Directora de la Colección
Trini Marull

Diseño gráfico
Tau Diseño, S. A.

Lirios de agua para una diosa

Juana Aurora Mayoral

Ilustración

Alicia Cañas Cortázar

Taller de lectura

Antonio-Manuel Fabregat

© Juana Aurora Mayoral.
© Editorial Bruño, 1992.
   Maestro Alonso, 21. 28028 Madrid.

Primera edición: junio 1992
Segunda edición: marzo 1994
Tercera edición: diciembre 1995
Cuarta edición: febrero 1998

Queda rigurosamente
prohibida, sin la autorización
escrita de los titulares
del «copyright», bajo
las sanciones establecidas
en la ley, la reproducción
total o parcial de esta
obra por cualquier
medio o procedimiento,
comprendidos la reprografía
y el tratamiento informático,
así como la distribución
de ejemplares mediante
alquiler o préstamo públicos.

Pueden utilizarse
citas siempre que se mencione
su procedencia.

ISBN: 84-216-1802-4
D. Legal: M.-1168-1998.
Impresión: Villena, A. G.

Printed in Spain

Juana Aurora Mayoral

◆ Nació en Villanueva de la Serena (Badajoz), y actualmente vive en Madrid.

◆ Cursó estudios de Magisterio y Psicología.

◆ Durante varios años se ha dedicado a la enseñanza.

◆ En su producción literaria se ven claras dos vertientes: una de *«fantasía científica»,* con libros como *El misterio de la aldea abandonada* y *La cueva de la Luna,* y otra *«histórica»,* en la que tiene obras sobre las altas culturas prehispánicas en América: *Enigma en el Curi-Cancha, Hernán Cortés, La civilización inca, Los aztecas, La conquista del Perú* y ésta, *Lirios de agua para una diosa.*

altamar

para ti...

*Con el apasionado deseo, como siempre
que escribo un libro histórico,
de despertar en tu corazón el amor
por la cultura que te presento.*

*Ya sabes que el ser humano,
en general, tanto más alto llega
cuanto más altas son las dificultades
que vencer. Y eso hicieron los mayas;
aunque «sólo» fueron, como nosotros,
seres de carne y hueso...*

Con mi cariño de siempre,

Para Inés Gallardo Ayuso, mi madre,
apasionada lectora, que aún se enternece
con las historias de papel.

Introducción

EL pueblo maya fue uno de los máximos representantes de las altas culturas prehispánicas americanas. Se extendió por una región comprendida entre el Istmo de Tehuantepec y parte de Honduras.

Sus habitantes lograron tales conocimientos científicos y realizaciones artísticas, que llegaron a convertirse en protagonistas de una civilización avanzada.

Se distinguen en esta cultura tres períodos.

• Preclásico o Formativo (1500 a. de C.-200 d. de C.). En esta etapa, en la que estaban limitados a la faja costera de El Salvador, Honduras y el Estado mejicano de Chiapas, se construyen pirámides y probablemente comienza a aparecer la jerarquía. Trabajan la cerámica, culto de figurillas, y aparecen la escritura jeroglífica elemental y los componentes más simples del calendario.

• Período Clásico (de gran esplendor, 200 d. de C.-925 d. de C.). Trabajan la bóveda falsa, hay una gran expansión de la arquitectura y la construcción de las estelas. Entre el 625 y el 800, viven la gran época de la escultura y logran magníficos adelantos en Astronomía y Aritmética avanzada; también construyen centros ceremoniales. (En el gran período del 300 al 900, Europa está sumida en los siglos oscuros de la barbarie.) Pero sobre el 800, debido probablemente a levantamientos contra la jerarquía, los centros ceremoniales son abandonados, ejerciéndose, al decir de muchos historiadores, una reacción en cadena. Se supone que por el avance de los pueblos bárbaros mejicanos (toltecas).

• Período mejicano (975 d. de C.-1200 d. de C.). Los toltecas, que se llamaban itzaes a sí mismos, conquistan Chichén Itzá e introducen el culto a Kukulkán, la «Serpiente Emplumada», el Quetzalcóatl mejicano. Chichén Itzá, Uxmal y Mayapán se unen mediante un pacto, «Liga de Mayapán», en vigor durante dos siglos. Pero esta alianza se rompe cuando el gobernante de Mayapán, Hunoc Ceel, del clan de los Cocomes, abate el poder de los itzaes. Y se erigen en Imperio desde 1200 a 1450.

El pueblo maya, cansado de este dominio, se rebela; y Mayapán es saqueada y destruida.

En 1525, los españoles conquistan Guatemala, y Yucatán en 1541.

Los itzaes huyen a Tayasal y permanecen independientes hasta 1697.

Mientras, la selva, implacable, se va tragando y sumiendo en el olvido las bellas ciudades de la floreciente cultura de los hoy llamados «griegos de América».

Hasta que un día, alguien comienza una apasionante investigación...

ESCALA APROXIMADA EN
KILÓMETROS

0 50 100

NÚCLEO CULTURA MAYA (S.IV)
IMPERIO ANTIGUO (320-987)
IMPERIO NUEVO (987-1697)
REINO QUICHÉ
REINO CAKCHIQUEL (S.X)
MIGRACIÓN TOLTECA (S.X)

GOLFO DE MÉXICO

YUCATÁN

CAMPECHE

OCÉANO ATLÁNTICO

OCÉANO PACÍFICO

IZAMAL
OXKINTAK   MAYAPÁN   CHICHÉN-ITZÁ   COBÁ
UXMAL   XELHÁ
SAYIL   LABNÁ   YAXUNA   TULUM
                                   ISLA DE COZUMEL
ETZNA
                                   CHACMOOL
BECÁN
        XPUHIL
CALAKMUL   SANTA RITA
PALENQUE
        UAXACTÚN
        TIKAL   SAN JOSÉ
YAXCHILÁN   TAYASAL   EL PETÉN
BONAMPAK
        SEIBAL
                LUBAANTÚN
                PUSILHÁ
NEBAJ
        CHAMA
ZACULEU
                QUIRIGUÁ
UTATLÁN   REINO
          QUICHÉ   COPÁN
        IXIMCHÉ
        REINO
        CAKCHIQUEL

11

Relación de personajes por orden alfabético

(IX) ABALÁ, «Ciruela de Agua». Esclava de palacio.

(AH) ACANCEH, «Lamento de Ciervo», padre de Ah Zacboc.

(AH) BALAM AGAB, «Tigre de la Noche». Gobernador de Tulúm.

(AH) BALAM QUITZÉ, «Tigre de la Dulce Sonrisa». Personaje de leyenda.

(AH) BALANTUM, «Piedra Cubierta». Guerrero-espía a las órdenes del Emperador.

(AH) BATZ, «Hilo de Algodón». Guerrero-espía del Emperador, amigo de Ah Balantum.

(AH) BUTSIL, «Humo». Padre de Ah Cuy.

(AH) CAHA PALUNA, «Agua que Cae Verticalmente». Vecino del anterior.

(AH) CANCHAKÁN, «Prado Alto». Guerrero-mensajero de palacio.

(AH) CUMATZ, «Culebra». Sacerdote-dibujante de palacio.

(AH) CUY, «Lechuza». Hijo de Butsil y de Chocohhá, amigo de Zacboc.

(IX) CHACNICTÉ, «Flor Encarnada». Esclava de palacio, hija de Abalá.

(AH) CHEBALAM, «Palo de Tigre». Vecino de Butsil.

(IX) CHOCOHHÁ, «Manantial de Agua Salada». Madre de Ah Cuy.

(IX) CHUNTUNAH, «Piedra Preciosa». Hija del Emperador y de Ix Kukum.

HALACH UINIC, el Emperador, Iqi Balam.

(IX) IKOKI, «Estrella del atardecer». Hija de Dalautum, sacrificada al dios de la lluvia.

IQI BALAM, «El Tigre de la Luna», el Emperador.

(AH) ITZAMAL, «Rocío que Desciende».

(IX) ITZHÁ, «Agua de Rocío». Madre de Ah Zacboc.

(IX) KANHA, «Agua Amarilla». Pariente de Ah Zacboc, prima suya.

(IX) KANPEPEN, «Mariposa Amarilla».

(IX) KUKUM, «Dama Pluma de Quetzal». Esposa del Emperador. Madre de Ix Chuntunah.

(IX) MACACHÍ, «Labios Sellados». Nombre dado a la niña encontrada en el bosque por los dos muchachos, Ah Cuy y Ah Zacboc.

(AH) MAN, el hechicero.

(AH) SAYABTUN, «Fuente de Piedra». Guerrero que regía la escuela donde asistían Ah Zacboc y Ah Cuy.

(AH) TOK, «Cuchillo de Pedernal». Pariente de Ah Zacboc, padre de Kan.

(AH) TUMBAHÁ, «Agua Nueva». Vecino de Butsil.

(IX) UCUM, «Paloma Torcaz». Hermana del anterior.

(AH) XUAHXIM, «Pan de Maíz». Hermano de Ah Zacboc.

(IX) XUAYABTÉ, «La Soñadora». Viejecita, abuela de los dos anteriores.

(AH) ZACBOC, «Garza Blanca».

(IX) ZAC NICTÉ, «Rosa Blanca». Esposa de Chebalam.

(IX) ZUCILÁ, «Agua Mansa». Madre de Tumbahá y de Ucum.

(IX) ZUSUBHÁ, «Remolino de Agua que da Vueltas». Personaje de leyenda.

Los amigos

LA mañana era de cristal.

El verde, azul y oro de la selva, cielo y sol contrastaban poderosamente hiriendo la pupila con sensaciones encontradas.

Estaba echada en el suelo, con las palmas de las manos debajo de la nuca, silenciosa. Su cabeza, poblada de abundante y sedoso cabello negro, reposaba inerte sobre un lecho de tierra parda y hojas marchitas. ¿Quién era? Hacía poco tiempo que se había mirado en el pequeño lago y las aguas transparentes le habían devuelto una imagen que ella no reconocía: una adolescente, niña aún, que la observaba interrogante desde el fondo y que la había asustado. Poco a poco fue tomando conciencia de que aquel ser era ella misma, y que el profundo dolor de cabeza que sentía era debido a aquel moratón que tenía en la frente, que le bajaba por el lado derecho hasta el pómulo, abriéndose en una pequeña herida que todavía sangraba débilmente.

El vestido blanco, bordado en tonos azules, rojos y verdes, estaba aún salpicado de pequeñas gotas de aquella sangre. Un pesado collar de oro y jade, de cuentas como gotas de rocío, le rodeaba el cuello y le hacía sentir incómoda. Hacía juego con unos pendientes del mismo engarce.

¿Qué le había pasado? Se incorporó pesadamente y se quedó sentada, sacudiendo con sus manos las pequeñas hojas que tenía entre los dedos de los pies. Los llevaba descalzos y se quedó asombrada por su hinchazón. ¿Quién era?, volvió a preguntarse: y, ¿dónde estaba? Cuando se dio cuenta de la magnitud de las dos preguntas, quiso gritar para alejar el terror, para alejar el miedo. Pero no pudo articular ningún sonido. Entonces sintió el sabor amargo de las lágrimas en sus labios. Surgían de sus ojos, imparables, manando de ellos con suavidad, sin que hiciera nada por detenerlas ni por provocarlas.

Con un sentimiento total de impotencia, se volvió a echar de espaldas sobre el suelo y se quedó dormida.

*   *   *

Ah Zacboc, «Garza Blanca», subió lentamente el sendero que conducía hasta Tulúm, la ciudad amurallada donde vivía, bordeando el gran edificio de piedra y las casas pintadas de colores brillantes. Conforme iba avanzando, el mar quedaba a sus espaldas batiendo incansable en su trabajo día y noche. Hacía pocas horas que se había levantado la bruma de los matorrales que pintaban los lados del sendero, dejando ver como inmensas calvas las rocas calcáreas brillantes aún por el rocío.

Pensaba trabajar aquella mañana ayudando a construir la nueva casa de unos vecinos, cuyo hijo, Ah Cuy, era su mejor amigo. Y, en realidad, les corría mucha prisa. Su abuelo había fallecido hacía poco tiempo, lo habían enterrado debajo de la casa en que vivían y debían abandonarla con presteza. Pero antes, pensó, pasaría a ver si sus padres lo necesitaban.

Encontró a su madre sentada con su hermano pequeño sobre el regazo. Estaba apretando cuidadosamente el lienzo que sujetaba las dos tablillas que, una sobre la frente y otra debajo de la nuca, le deformarían la cabeza haciendo su frente huidiza como la de todos los mayas. Recordó la escena de muchos años atrás. Se había abalanzado sobre su madre, gritando asustado, cuando vio que le hacía aquello a su hermana; pero ahora era una preciosa mujercita cuya frente causaba la admiración de sus amigos. Su madre le había retirado con dulzura de su lado y le había explicado que era signo de distinción, que no le hacía daño porque tenía los huesos de su cabecita muy blandos, y que igual se lo habían hecho a él.

Aquella dulzura le tranquilizó por completo. Siempre era así cuando hablaba ella, como una sábana de gotas de rocío cuando se posa sobre las sedientas plantas. Por ello, quizá, aquel nombre tan bien elegido por sus abuelos: Ix Itzhá, «Agua de Rocío».

—¿Me necesitaréis antes de comer?

Se acercó a su hermano y le acarició las manitas sujetas por un lienzo al cuerpo.

Ix Itzhá apenas volvió la cabeza.

—¿Dónde has estado? —preguntó.

—He bajado hasta la arena...

—...por los acantilados, ¿verdad?

Sonrió. Era inútil tratar de evadirse de la lógica que llevaba a su madre a averiguar las cosas.

—¿Cómo lo sabes?

La respuesta fue otra pregunta.

—¿Cuántos años tienes, hijo?

No entendió el sentido.

—Trece, tú lo sabes.

—¿Y crees que con esa edad puedes engañarme? —después le señaló las piernas—. Mira.

Las tenía llenas de arañazos de ir por los matorrales. Se llevó los dedos a los labios y, con la saliva, se las frotó.

—Vete. Tu padre está trabajando ya en la casa de tu amigo. No vengáis tarde.

Después se volvió hacia el niño.

—Así —sus manos, con dulces movimientos, separaban las briznas de paja adheridas a la cuna del pequeño—. Mi hijito precioso, pronto te quitaré las tablillas y serás uno de los niños más hermosos de Tulúm. Ahora te dejaré aquí, a mi lado, y comenzaré a hacer las tortillas para la comida.

Ah Zacboc dio la vuelta y echó a correr. El sol ya estaba alto en aquel momento y el camino que conducía hacia el trozo de tierra que había elegido el padre de Ah Cuy para construir su casa estaba desierto a aquellas horas en que el calor apretaba. No había mucha vegetación, la falta de lluvia y la ausencia de ríos que alimentaran a la tierra hacía que todo pareciera desolado. Sólo le acompañaban en su camino los abejorros, que tenía que espantar de vez en cuando con las manos, y el grito estentóreo de alguna escandalosa guacamaya de brillante plumaje.

Dobló por el sendero hacia la izquierda. En aquella parte, los árboles que había dejaban pasar entre sus hojas algunos rayos de sol. Se acercó a ellos para resguardarse del calor y continuó más despacio, disfrutando de la sombra.

Se paró de pronto con una sensación extraña, como si alguien lo estuviera observando. Se dio la vuelta en redondo y no vio a nadie, pero el vello de los brazos se le erizó y sintió un picor en la nuca; se llevó las manos hacia ella y notó que, por aquel sitio, también se le había erizado el cabello.

—¿Será un jaguar? —se preguntó en voz alta.

Sintió miedo, ya que iba completamente desarmado.

—No puede ser —se dijo para tranquilizarse—. Vamos a ver: los jaguares están en la selva y yo estoy situado en uno de los caminos que van en sentido contrario, el que se dirige hacia la Bahía de Zamabac, en la provincia de Chetumal, al sur; tengo, por lo tanto, a mi derecha, el camino que conduce a Chichén Itzá y Uxmal; a mi izquierda el que baja hacia la costa. Y, justamente detrás de mí, la senda que nos lleva a la selva. Y eso después de haber atravesado Tulúm completamente. No puede ser un jaguar quien me esté observando... Entonces, ¿por qué se me ha erizado el cabello?

En aquel momento algo se movió detrás del árbol que tenía a su espalda y él, con instinto de conservación, se tiró al suelo y comenzó a dar vueltas a gran velocidad sobre sí mismo. Si era un animal, no caería sobre su cuerpo. Se paró.

Pasó unos instantes en aquella posición, observando el árbol, en el silencio apenas alterado por el revolotear de unas abejas que había en una colmena silvestre, situada en el tronco. Unos pasos se alejaron con rapidez. No le dio tiempo a reaccionar; cuando se levantó y rodeó el árbol, el ser que estaba allí —hombre o animal— había desaparecido.

Tuvo un momento de indecisión y comenzó a correr camino abajo. Ni siquiera pensó en apoderarse de la colmena y llevársela, aunque era uno de los bocados más exquisitos y el encontrársela suponía una gran suerte. Lo olvidó todo, embebido en su loca carrera.

Llegó jadeando al lugar de la obra. Los hombres de la familia de Ah Butsil, el padre de su amigo, ya estaban terminando la plataforma hecha de piedra y adobe que serviría de base. Hacía algunos días que se había llenado un pozo cercano con agua y lodo;

y Ah Zacboc y sus amigos habían amasado aquella mezcla, saltando y jugando dentro de ella. ¡Cómo se habían divertido! Sus cuerpos parecían negras alimañas, imitando a veces el sonido de las alegres guacamayas, mientras se embadurnaban unos a otros las cabezas. Después de unos días, la mezcla había fermentado y se había acabado el juego. Él ayudó a los hombres a recoger grandes puñados y fueron aplanándolos en lo que sería la base de la Na (1). Ahora quedaba levantar alrededor, en forma circular como la base, las paredes; después, los techos.

Ah Cuy salió del grupo en que estaba trabajando.

—¿Qué te pasa? —se acercó a él con las manos llenas de adobe.

—Pues, no sé. Cuando bajaba por el camino, al dar la vuelta al recodo en el árbol que hace esquina, he sentido algo extraño. Como si hubiera un jaguar en una de sus ramas. Pero no he visto nada; aunque sí, como te digo, lo «he sentido».

Su amigo le interrumpió.

—¿En el árbol donde hay una colmena silvestre?

—Sí...

—A mí me ha pasado lo mismo. Pero yo sí he visto: el sol me ha deslumbrado por un momento al chocar contra alguna superficie metálica que debía de haber detrás. Lo rodeé pero no había nada.

—Pero..., pero si es lo mismo que me ha pasado a mí. Me tiré al suelo y cuando quise reaccionar y me

---

(1) Casa.

levanté, ya no había nada. Oye..., espera... Oí unos pasos que se alejaban.

—Yo también.

Ah Butsil llamaba desde el grupo a los muchachos.

—Vamos, perezosos, tenéis que ir acercando las hojas de palma para hacer el techo. ¡Esto va deprisa! Tal vez en unos días ya podamos estar viviendo aquí.

Ah Zacboc bajó la voz al dirigirse a su amigo.

—Después, cuando hayamos comido, te esperaré detrás de mi casa. Tenemos que aclarar lo que pasa en ese árbol.

—De acuerdo —replicó Ah Cuy—. Y si no la ve nadie antes, nos repartiremos la colmena.

—Pero, ¿es que no me oís? —Ah Butsil comenzaba a impacientarse—. Vamos ya, que los hombres han comenzado a pulir la viga que servirá de pata de la casa; y tu padre ha terminado el hueco, en el adobe del suelo, para poder sujetarla.

Ah Acanceh, «Lamento de Ciervo», el padre de Zacboc, se levantaba en aquellos momentos, mirando orgulloso su labor.

—Ha quedado perfecto..., perfecto... La viga encajará tan bien que, cuando se seque el adobe, no habrá quien la mueva. Ah —dijo al ver a su hijo—, ¿ya estás aquí? Te estamos esperando desde muy temprano. Anda, ayuda a tu amigo. Las hojas de palma están amontonadas a un tiro de piedra de aquí, bajando la cuesta, en el palmeral.

Ah Cuy se lavó la cara y las manos y, juntos, comenzaron a bajar. No había camino y el trecho lo hicieron sorteando los matorrales y las piedras que estaban diseminados por el declive, tropezando a ratos y empujándose en ocasiones, para hacer más llevadera la distancia que los separaba de las palmas.

—¿Sabes qué estoy pensando? —dijo Ah Zacboc—. Que mientras más bajemos, más tendremos que subir luego.

—¡Y cargados con las hojas! Deberemos dar varios paseos, pero no importa, me gusta subir y bajar. ¿Te acuerdas cuando éramos pequeños y pasábamos el día jugando encima de las murallas de Tulúm?

—Sí —respondió Zacboc—. Y de las veces que mi padre nos tuvo que arreglar algún hueso roto.

—¡Párate! Ahí, detrás de aquel árbol...

Ah Zacboc aguzó la vista.

—No veo nada —dijo en un susurro.

—Yo sí. Me ha vuelto a deslumbrar algo semejante a lo que te conté del árbol de la colmena.

—Te estaba mirando mientras hablabas y...

—¡Eh! No corras, espera. ¡Vamos!

Le dio un tirón tan grande del brazo a su amigo, que los dos cayeron rodando en un revoltijo hasta el montón mismo de las hojas.

—¡Por el dios Chac! Se nos ha escapado.

—¿«Quién» se nos ha escapado? ¿O, «qué» se nos ha escapado?

—Era..., era una muchacha; la he visto.

—¿Qué dices?

Ah Zacboc se frotaba las nalgas doloridas por la caída. Su cara de incredulidad causó el enfado de su amigo.

—Lo que acabas de oír: una mu-cha-cha, ¿entiendes? He visto sus largas guedejas de cabello flotando al viento. Y ha debido de ser la misma persona que nos observaba a los dos delante del árbol de la colmena; me ha parecido ver que llevaba un collar de jade y oro al cuello. Eso explica por qué me deslumbró el sol en aquel sitio; al incidir sobre el collar, le arrancó los destellos.

—¡Qué imaginación tienes! Yo no he visto nada y tú ya te estás inventando una historia sobre no sé qué collares y deslumbramientos.

—¡Si no hubieras sido tan torpe!

—Cuy, no me enfades, ¿torpe yo? Has sido tú quien me ha arrastrado por la pendiente al sujetarme por el brazo.

Estaban sentados en el suelo, enzarzados en una agria discusión interminable. Ah Zacboc reaccionó el primero.

—¡Las hojas de palma!

Se levantaron y comenzaron a recogerlas. Cada uno sujetó varias sobre su cabeza. Las pequeñas puntas en las que terminaban las hojas, rozando sus cuerpos, arrancaban de ellos pequeños ayes de dolor que se mezclaban con sus risas. Iniciaron la ascensión, vacilando sus cuerpos bajo el peso.

—Te digo que era una muchacha —insistió Ah Cuy, tozudo—. De veras. Tú, si no estabas mirando como dijiste, no has podido verla. Créeme, no te estoy mintiendo.

—¿Era de Tulúm?

—¡Cómo voy a saberlo! Yo, desde luego, no la he reconocido como alguien que viva cerca de nosotros. Pero, ¡quién sabe!, las niñas cambian con mucha rapidez. Ves a una que parece un pato y, al año siguiente, se ha convertido en un bellísimo quetzal.

—Eso quiere decir —respondió Zacboc jadeando por el esfuerzo de la subida— que era una bellísima muchacha.

Ah Cuy enrojeció.

—Te estás inventando lo que quiere decir.

—Bien, no comencemos otra discusión.

Llegaron a lo alto y suspiraron ruidosamente.

—Vamos a ver, cuando acabemos de comer la buscaremos, ¿de acuerdo? —dijo Zacboc.

—Si nos quedan fuerzas. Venga, una carrera a ver quién llega antes.

Hicieron varios viajes más y descargaron el resto cerca de la casa. Después ayudaron a levantar la pared, acercando las varas que, en forma de canasta, formaban la estructura junto con el adobe.

—Basta por hoy —dijo Ah Butsil—, el techo lo pondremos mañana. Los días restantes trasladaremos los utensilios y... ¡ya podremos vivir aquí!

Zacboc y Cuy se miraron sonrientes, con la promesa de verse al caer la tarde.

Se detuvo a tomar aire. Había estado corriendo desde que viera a los dos muchachos. Primero los vio detrás del árbol donde estaba descansando; después, detrás de unas hojas de palmera. Cuando echó a correr la primera vez, buscó un lugar seguro y parecía haberlo encontrado. Pero aquellos dos..., lo que fueran, parecían estar en todas partes. No había hecho nada más que llegar al montón de hojas, cuando aparecieron por allí sin dejarle acostarse un rato a la sombra y descansar. Y había tenido que cruzar la ciudad, ¿cómo se llamaría?, para irse al otro lado y perderlos de vista. O más bien para que los muchachos la perdieran de vista a ella.

Le había gustado, no obstante, lo que había visto: los muros del gran templo, pintados de azul y blanco, tenían representados a los dioses en animada conversación. En el centro había observado las estelas, más altas que cualquiera de los hombres que estuvieran a su lado contemplándolas. No habría más de cuarenta o cincuenta edificios y estaban rodeados de una gran muralla.

Torció a la derecha, atravesó una puerta e inició la bajada hacia los riscos de la playa. El camino era muy estrecho. Haciendo un esfuerzo, sus manos casi podían tocar los laterales. Llegó a la rubia arena y miró hacia arriba. No se sentía muy segura y siguió caminando al otro lado, impaciente. La arena quemaba las plantas de sus pies y comenzó a correr, buscando el placer de las rocas mojadas que estaban situadas al frente. Pero no fue todo lo rápido que deseaba, ya que el collar era un estorbo y sudaba bajo el kub (1). De buena gana se hubiera quitado ambas cosas, se habría metido en el mar y hubiera nadado para refrescarse. Pero no podía ser, tenía que huir, esconderse lo más rápidamente posible para que no la viera nadie. Porque, ¿qué iba a decir si le preguntaban? ¿Que no sabía quién era? ¿Que no se explicaba cómo había llegado allí, un lugar desconocido para ella y del cual no conocía ni su nombre?

Sonrió amargamente porque comprendió de pronto que no podría decir nada, sencillamente porque no podía hablar.

Llegó hasta el risco más alto sudando. Una roca caliza y porosa, medio oculta entre unos matorrales. Y se sentó desfallecida. Miró a lo lejos: el gran acantilado era barrido por las embestidas furiosas del mar, que se elevaba en picudas crestas bajo el efecto del fuerte y repentino viento que se había desencadenado de golpe. El sol, asomando a intervalos entre las nubes, arrancaba destellos a las piedras mojadas por aquella fuerza poderosa que las azotaba sin compasión. Sobre algunas rocas asomaba tímidamente un verde manto que, como un pañuelo brillante, las envolvía con apariencia de penacho de plumas.

---

(1) Vestido.

En la cúspide, sobre ellas, se elevaba majestuoso el gran edificio escalonado, pintado de azul con algunas rayas rojas horizontales que decoraban el comienzo de cada una de las azoteas.

De pronto se oyó un griterío y el mar comenzó a escupir, como por arte de magia, enormes piraguas conducidas cada una por quince o veinte remeros. Algunas llevaban en el centro un dosel rojo, bajo el que iban sentados mujeres y niños. Otras iban cargadas de grandes fardos. A cada golpe de mar encallaban en la orilla de la pequeña playa de rubia arena hasta seis de aquellas barcazas, que eran retiradas prontamente por los hombres que saltaban fuera con agilidad e, internándose tierra adentro, les daban la vuelta y sujetaban sobre ellas los remos. Después, corriendo, bordeaban el acantilado y subían hasta la ciudad. Los más lentos eran los hombres que portaban literas, sobre las que destacaban los ricos tocados de plumas de los nobles que iban sentados en ellas; y las mujeres que llevaban a la espalda, sujetos con amplias bandas de algodón sobre el pecho, a sus niños pequeños.

Cuando la noche comenzó a invadir el lugar, se prometió que, al día siguiente, buscaría comida e iniciaría la marcha... Pero, ¿hacia dónde?

La nueva casa

X Kanpepen, «Mariposa Amarilla», estaba tejiendo una pieza de algodón, sentada a la puerta de su casa. Mentalmente iba repasando el nombre de los meses del año, pero siempre se atrancaba al llegar al número dieciséis. Y eso que se los había oído repetir muchas veces a Zacboc a la llegada de la escuela que regía el viejo guerrero Ah Sayabtun, «Fuente de Piedra».

Llamó a su hermano.

—Zacboc, ¿puedes ayudarme?

La pregunta fue acompañada de una dulce sonrisa.

—No puedo entretenerme mucho, me esperan para terminar la casa. Nuestro padre se ha marchado hace tiempo y me ha recomendado que no tarde como ayer.

—Es sólo un momento.

Se sentó a su lado; nunca se oponía a sus deseos

porque, al igual que su madre, su hermana era la dulzura misma de la miel hecha persona.

—A ver, ¿qué es lo que quieres?

—Son los meses.

Sabía a lo que se refería. Suspiró cómicamente.

—¡Oh Señora del Arco Iris y Diosa de la Luna, Ixchel! Te prometo que si mi hermanita se aprende pronto los nombres de los meses, te llevaré, cuando haga mi viaje de peregrinación a tu santuario en la Isla de Cozumel, muchas y variadas flores de brillantes colores, muchas bolitas de copal para quemarlas en tu honor... ¡Hasta un ramillete de lirios de agua...!

—¡Tonto! Nunca me tomas en serio.

—Vamos a ver, empieza a decirme desde el número dieciséis, que es en el que te atrancas.

—No, no; quiero empezar desde el primero.

—Oh, no, Kanpepen, desde el primero no —vio que se entristecía—. Bueno, desde el primero.

Ix Kanpepen atipló la voz, dejó la urdimbre sobre el regazo y cerró los ojos.

—Pop, Uo, Zip, Zotz, Tzec, Xul, Yaxkin, Mol, Chen..., Yax, Zac, Ceh..., Ceh..., Ceh...

Se volvió a atrancar. Zacboc, señalándole los dedos de su mano izquierda, comenzó a contar desde el dieciséis.

—... Ceh, Mac, Kankin, Muan, Pax, Kayab, Cumhu..., y el mes de cinco días...

—¡Uayeb! —concluyó su hermana—. Ahora los días.

—Ah, no, eso sí que no. Te prometo que cuando vuelva repasaremos los días.

Dio la vuelta y se alejó refunfuñando del lado de Ix Kanpepen.

—¿Por qué no será un niño y podrá asistir a la escuela?

La voz de su hermana le llegó desde lejos.

—Sé lo que vas refunfuñando, Zacboc, no soy un niño..., ¡porque no soy un niño!

Le contestó a gritos desde el fondo del jardín.

—¡Muy bien, Kanpepen, estás aprendiendo a razonar!

Después, y antes de que su madre le regañara, inició una veloz carrera hacia la nueva casa de Ah Cuy.

Cuando pasó delante del árbol de la colmena silvestre, se paró pensativo y se fue acercando cautelosamente. Estaba casi sin hojas debido a las altas temperaturas del mes, pero la copa aparecía cuajada de hermosas flores amarillas. Tal vez fue aquello, el color de las flores, lo que le deslumbró la tarde anterior; pero no podía explicarse por qué se le había erizado el vello de los brazos y de la nuca.

Cuando él y Ah Cuy se encontraron al atardecer, recorrieron los alrededores de fuera de las murallas de Tulúm y pensaron bajar hasta la arena; pero se había levantado repentinamente un viento muy fuerte y no consideraron oportuno el llegar hasta allí. Estuvieron contemplando cómo llegaban las canoas. Ah Cuy apuntó la posibilidad de bajar y preguntar a las personas que llegaban si habían visto a alguna muchacha desconocida en la playa. Zacboc desistió de la idea. Si era verdad lo que Ah Cuy había visto, entonces es que ella se escondía deliberadamente por algún motivo; y ahí no quería entrar, su padre le había dicho muchas veces, y enseñado constantemente con su ejemplo, que los hombres debían disculpar los errores de los demás porque había muchas personas diferentes, cada cual con su manera de vivir, y se debían respetar sus decisiones. Y tal vez la decisión de aquella muchacha, si es que en realidad existía como afirmaba Ah Cuy, era que la dejaran en paz.

—¿Y si necesita ayuda? —había insistido su amigo.

—La buscará cuando ella quiera.

—¿Y si no quiere buscarla, pero la necesita? —volvió a decir Ah Cuy, que no se resignaba a dejar de saber quién era y lo que hacía.

Ah Zacboc se había quedado pensativo.

—Mañana —le contestó— pensaremos lo que hemos de hacer.

Y se fueron cada uno a su casa; pero él no había dejado de pensar en la forma de refutar el razonamiento y no había encontrado la respuesta oportuna. Sabía que Ix Itzhá, su madre, les había mostrado el camino a seguir de una forma sencilla. O su padre, pero Cuy le instó a que lo mantuvieran en secreto.

Bordeó el árbol. No vio nada, pero aprovechó para arrancar el panal de la colmena silvestre. Cuando llegó, los hombres que estaban trabajando lo acogieron con muestras de alegría. Ah Butsil la repartió entre todos y se la comieron entre alegres manotazos, para ahuyentar a las abejas que aún estaban revoloteando entre la miel.

Pocos días después, Ix Chocohhá, «Manantial de Agua Salada», la madre de Ah Cuy, hizo una fiesta para celebrar que se habían ido a vivir a una nueva casa: estaba pintada por fuera de un color rojo brillante, y ella había confeccionado un precioso tapiz para que sirviera de puerta.

Después de enseñarla orgullosamente a sus vecinos, Ah Butsil los invitó.

—Ahora sentaos todos. Ix Chocohhá ha hecho unas tortillas rellenas de carne de pavo del monte y chocolate mezclado con maíz molido y aderezado con picante. Tenemos que alegrarnos todos de que hayamos estrenado nueva casa. Mirad cómo se oye cantar a las aves del bosque; todo es hermoso en este día, ¿no os parece? Por la noche, cuando miles de luciérnagas alumbren los prados haciendo competencia con su luz a las estrellas, nosotros ya dormiremos aquí.

Ah Zacboc recorrió con la mirada a las personas que se hallaban presentes en aquella fiesta. Su madre, al igual que su hermana, se habían vestido para la ocasión con trajes de alegres colores y habían adornado sus cabellos con flores, grandes orquídeas plateadas que, a modo de pendientes, avivaban aque-

llos rostros que él encontraba encantadores; su padre lucía con orgullo el ex (1) confeccionado por Ix Itzhá, que sólo lucía cuando la celebración era importante.

La señora Chocohhá se mostraba radiante y simpática. A pesar de que su nombre, «Manantial de Agua Salada», quería decir todo lo contrario. De vez en cuando mostraba su malhumor si las cosas no estaban a su gusto; pero aquel día lo estaban porque lo que más amaba era verse rodeada de sus amigos. Le pasaba lo mismo cuando organizaba, por la causa más nimia, encantadoras meriendas donde lucía sus habilidades.

También estaba el señor Chebalam, «Palo de Tigre», con su mujer, Ix Zac Nicté, «Rosa Blanca», habladora y pulcra mujercilla, tan vieja como su marido, siempre presta a ayudar a quien la necesitara. Era la pareja indispensable en cualquier celebración de los alrededores; todo el mundo los quería y ella había enseñado a las más jóvenes a guisar suculentos platos con yuca, jícamas, mamey y aguacates, sus especialidades. Si había alguna duda, ella estaba allí para dar el punto exacto a las comidas.

—Verás, tú lo haces muy bien; pero, ¿qué te parece si...? Yo, que ya soy muy vieja creo que...

Eran sus frases favoritas y nadie se enfadaba con ella porque les aconsejara.

Sentados a su lado, el señor Caha Paluna, «Agua que Cae Verticalmente», el encargado de quemar los

---

(1) Taparrabos.

bosques para que la tierra estuviera preparada para la nueva siembra en cada estación. Le llamaban Ah Tooc, «El Quemador», nombre por el que se conocía a los de su profesión. Pero en la intimidad, él prefería que le llamaran Caha Paluna. Y su regordeta y simpática mujer, la señora Ix Zucilá, «Agua Mansa». Nunca recordaba haberla visto enfadada. Su risa campanilleaba constantemente en los oídos de sus vecinos.

Ix Ucum, «Paloma Torcaz», su hija, compañera de juegos de Zacboc y Cuy. Los tres habían inventado, cuando eran pequeños, juegos y canciones para divertirse en las tediosas tardes de lluvia. Cuando creció, se hizo muy amiga de Ix Kanpepen, «Mariposa Amarilla». Las dos rivalizaban en secreto para aprender «cosas de muchachos», como decía la abuela de Ix Ucum cuando alguna vez las había sorprendido recitando los nombres de los meses y los días.

—Estas jóvenes —decía siempre la abuelilla con voz cascada— sólo piensan en tonterías. Ix Ucum, más te valiera estar trabajando en tu telar, que es lo que toda mujer honesta debe hacer...

Y seguía refunfuñando sola, sin entender por qué su nuera, Ix Zucilá, no metía en cintura a aquella pequeña fierecilla. Después, cuando su hijo la reprendía, dejaba escapar de sus ojillos cansados unas lágrimas de pena. Y arrullaba a su nieta hasta que se le pasaba el disgusto; y le contaba bonitas leyendas que ella debía de imaginar, ya que nadie recordaba haberlas oído antes. Su nombre, Ix Xuayabté, «La Soñadora», era respetado por sus vecinos como signo de buen augurio.

Su otro nieto, Ah Tumbahá, «Agua Nueva», era el orgullo de la familia: un valiente guerrero que demostraba su valía en las ocasiones importantes.

Ah Zacboc sonrió. El bullicioso grupo continuaba comiendo y bebiendo balché. Cautivado por el hechizo de aquella alegría, olvidó por un momento algo muy importante que tenía que comunicarle a su amigo Ah Cuy.

* * *

Intrigada, oculta detrás de unos matorrales, miraba la escena con envidia. Le dolía el estómago y hasta su boca llegó la sensación agridulce del hambre. Por un momento estuvo tentada de aparecer entre aquellas personas que estaban comiendo y disfrutando juntas, como una gran familia, y pedir por favor que la dejaran tomar algo. Pero se detuvo a tiempo y, para refrenarse, dio una patada de impaciencia en el suelo. Una rama crujió bajo sus pies; espantada, inició una veloz carrera hacia atrás.

* * *

Zacboc levantó la cabeza en actitud expectante. Se acercó a su amigo.

—¿Has oído? Hay alguien detrás de los matorrales —susurró.

—¡Vamos!

Los dos desaparecieron del grupo, corriendo hacia el lugar de donde provenía el ruido de la rama al partirse.

La desaparición de Ix Chuntunah

X Kukum, «Dama Pluma de Quetzal», se miró pensativamente en el espejo de pulida obsidiana que le sujetaba su esclava.

Llevaba días sin dormir y unas ojeras violáceas hacían parecer más profundos sus ojos negros como la noche. Su vestido, de finísima muselina roja, se ajustaba al cuerpo y caía en amplios pliegues bordados con cuentas de jade, diminutas como lágrimas, que imitaban grandes nenúfares. Llevaba los brazos cubiertos con ajorcas de plata labradas con serpientes nahuyacas, iguales al remate de los cordones que lucía en las sandalias.

—Hace ya un mes —comentó tristemente.

—Señora Kukum, no debes preocuparte. Los dioses no querrán que le pase nada.

—Pero, ¿dónde pudo haber ido? ¿Qué puede haberle pasado? Era sólo una niña, una niña con trece años acostumbrada a la vida de palacio llena de atenciones y de mimos. ¿Desearía algo que yo no pude darle? —las lágrimas corrían por sus mejillas.

—Tu esposo, el Halach Uinic (1) —Ix Abalá, la esclava, se agachó hacia un comal que tenía a sus pies y, con reverencia, se llevó un poco de tierra a la frente al pronunciar el excelso nombre del Emperador—, ha mandado mensajeros a las cuatro direcciones del reino, después de buscar en palacio el día de su desaparición.

—¿No me la habrán robado?

—Señora, el palacio es inexpugnable. Y los aposentos de tu hija Ix Chuntunah, por ser la preferida de tu esposo, están fuertemente custodiados de día y de noche. Nadie ha podido entrar para llevársela, puedes estar segura.

—Pero ella sí pudo haber salido... Podía moverse con toda libertad por el palacio; nadie se hubiera atrevido a detenerla sin causar las iras del Emperador.

—Tienes razón, señora Kukum, pero también es cierto que ninguno de los guardianes que había para su custodia hubiera negado a tu esposo la más mínima noticia de sus movimientos. Es muy extraño, ha desaparecido delante de los ojos de todos nosotros; y lo que es más extraño aún: sin saber por qué.

—Estoy aterrada, nadie la conocía fuera de estos muros. Este año ha llovido poco. Chichén Itzá está sedienta... Tengo miedo.

Ix Abalá, «Ciruela de Agua», tembló ante el mal presagio que «Dama Pluma de Quetzal» acababa de invocar; y el espejo cayó de sus manos chocando con fuerza contra el suelo, deshaciéndose en mil peda-

---

(1) Literalmente: Hombre Verdadero. El Emperador.

zos que recogieron multiplicada la imagen de las dos mujeres.

Se arrodilló con presteza ocultando la cabeza entre sus manos, presa de un violento escalofrío.

—¡Señora Kukum, azótame! Me lo merezco.

—Mi tonta «Ciruela de Agua»... Levántate.

Unos pasos se acercaron presurosos a la puerta. Una joven esclava llamó en un susurro.

—Señora Kukum, tu esposo reclama tu presencia en el salón del trono. Han llegado unos mensajeros... —dirigió una mirada a la esclava que aún permanecía en el suelo y su cara palideció al ver el espejo de obsidiana roto. Después, haciendo un esfuerzo, continuó—... y quiere que vayas a hablar con ellos.

Se levantó con presteza y separó los trozos de obsidiana con el pie.

—Ayúdame, «Ciruela de Agua». Te he dicho que no te preocupes, no voy a castigarte. Tal vez esos mensajeros traigan alguna noticia de mi hija —luego se volvió hacia la esclava que había entrado—, ¿sabes algo?

—No, señora Kukum.

—Pero, ¿no ha dicho nada el Halach Uinic? ¿No has visto qué cara puso cuando hablaba con los mensajeros?

La esclava dio un paso atrás, aterrorizada.

—Señora... —y sus ojos bajaron al suelo en señal de respeto.

—No sé lo que digo. Ya, ya sé que si te hubieras atrevido a ello a estas horas no vivirías. ¡Por todos los dioses! ¡Oh, Ixchel, Diosa de la Luna, que sean buenas noticias! No podría resistir que mi pequeña hijita, mi consuelo, mi dicha, hubiera sido devorada por algún jaguar.

—Señora...

—Ya voy, ya voy. Pero tiemblo con pensamientos que corroen mi corazón... Algo me dice que no la han encontrado.

«Ciruela de Agua» quiso infundirle valor, decirle que nada le podía pasar a Ix Chuntunah, «Piedra Preciosa», su hija; pero las palabras se le ahogaron antes de llegarle a los labios y sólo pudo estallar en histéricos sollozos, que fueron cortados por el enérgico manotazo de la esclava más joven.

Hacía un mes que la niña faltaba de palacio. Los guardias que la custodiaban, aterrados, le contaron a ella, bajo el más estricto secreto, que la última vez que la vieron fue sobre la gran muralla que rodeaba el edificio. Le gustaba colocarse allí y pasar horas enteras contemplando un mundo, el de fuera de aquella jaula de oro donde permanecía encerrada. Jamás salió de la suntuosa mansión, excepto en una ocasión en que, acompañada de su madre y sus esclavas, fue a la Isla de Cozumel en peregrinación. Y eso porque era la obligación de todos los mayas hacer ese viaje por lo menos una vez en la vida. Después, la aterradora soledad de la hija preferida del Emperador. Todos pensaron que estaría oculta en alguna dependencia; y la buscaron por las habitaciones; dragaron las acequias llenas de peces exóticos y multicolores; miraron entre la florida vegetación de los inmensos patios... Nada. El Halach Uinic pasaba las noches en vela, a veces en sus aposentos, otras en las terrazas contemplando las estrellas; y había hecho venir desde tierras lejanas a sabios chilanes, pero nadie supo darle noticias, ni la más leve esperanza.

Uno de ellos gruñó delante de las «am», las seis piedras de la adivinación, y predijo cosas espantosas. Aterrado y lleno de ira, el propio Emperador cortó su cuello de un tajo y mandó que se arrojara el cuerpo a un cenote abandonado y seco lleno de fieras hambrientas. Los demás que estaban presentes en aquel momento recapacitaron interiormente y disimularon como pudieron.

Ix Kukum salió de la estancia escoltada por las dos esclavas. Caminaba recta, con el corazón palpitándole con fuerza. ¿Qué habrían dicho los mensajeros? Y, ¿por qué el Halach Uinic la mandaba llamar a ella? Recordaba a su esposo, abatido, las veces que había venido a visitarla a sus aposentos. Había envejecido en aquel mes más de lo que ella recordara con anterioridad. Quería a la niña con verdadera adoración, nunca había visto que la obligara a arrodillarse delante de él pidiendo perdón por algo, antes bien, sus caprichos habían sido órdenes para aquel poderoso señor. Y ella se sentía muy orgullosa. Aunque su esposo tenía más hijas e hijos varones, Ix Chuntunah era su preferida. Su queridísima «Piedrecita Preciosa». La había colmado de regalos que hubieran hecho la felicidad de una reina; pero ella los aceptaba con cariño y luego los guardaba en su cofre de juncos: vestidos, collares, ajorcas de oro y jade, orejeras de turquesa y plata; ajorcas para los tobillos, de concha de tortuga; y vistosos adornos con plumas de colibrí y quetzal. Nunca doncella alguna se había visto más obsequiada. ¿Dónde estaría?

Se paró delante del salón del trono, tomó aire con fuerza y entró en la estancia. Su esposo tenía la mirada clavada en la puerta. Al entrar ella, Halach Uinic mandó retirarse a los visitantes que estaba atendiendo y llamó a los mensajeros, dos valientes guerreros de toda su confianza.

—Señora «Dama Pluma de Quetzal», te estamos esperando con impaciencia.

Su voz era dulce cuando se dirigía a ella. Ix Kukum hizo ademán de recoger tierra y llevársela a la frente.

—Deja, quiero que escuches a estos hombres.

—Señor... —comenzó a decir en un intento de retrasar lo que no quería oír.

—Espera, espera. El tiempo vuela con rapidez: escuchemos lo que nos tienen que decir.

Los guerreros se acercaron a la vez sin levantar la vista del suelo e introdujeron sus manos en el comal con tierra.

—¡Halach Uinic! —sus manos tocaron su frente a la vez que gritaban el nombre del Emperador. Al separarlas, la tierra quedó impregnada en las pobladas cejas.

—¡Hablad! —indicó impaciente el Hombre Verdadero.

—Señor, siguiendo tus instrucciones, durante los primeros días estuvimos rastreando por los alrededores de Chichén Itzá, la ciudad de Los Brujos del Agua, donde tienes tu palacio. Nadie ha visto a la doncella Ix Chuntunah, nadie la conoce. Varias veces, por las descripciones que nos diste, creímos haberla encontrado, pero las muchachas a las que entrevistábamos eran simples hijas de campesinos. Después nos dirigimos hacia el sur, siendo inútiles nuestras pesquisas.

Tomó aire y al ver la cara del Emperador llena de interés siguió sin detenerse.

—Como te digo, nos dirigimos al sur, hacia Yaxuna. Después a Cobá. Por ser uno de los días desafortunados el día en que llegamos, podrían echarse a perder nuestras indagaciones; sólo nos dedicamos a observar a las jóvenes que cruzaban la ciudad sin atrevernos a preguntar.

Ix Kukum palidecía a medida que los guerreros iban explicando su recorrido. Estaba de pie junto a su esposo sin atreverse a levantar la mirada del suelo. Halach Uinic la miró y, temiendo que fuera a desmayarse, indicó a su esclava «Ciruela de Agua» que la sentara a su lado. El guerrero interrumpió por un instante su relato.

—Continúa —le dijo con mirada fiera.

—Salimos de Cobá y bajamos hacia Xpuhil a marchas forzadas sin detenernos nada más que para dormir unas horas hasta que Noh Ek, «La Gran Estrella» (1), desapareció por el horizonte. Comíamos

---

(1) Venus.

mientras caminábamos y tuvimos que beber, para conservar fuerzas y seguir adelante, el líquido sagrado de los bejucos del agua. Anduvimos varias jornadas con los pies sangrantes hasta que llegamos a Tikal; pero seguía siendo inútil.

»Pedimos hablar con los chilanes y, después de enseñarles tu anillo en señal de que éramos enviados por ti, les preguntamos si alguna doncella forastera había sido arrojada al «Gran Cenote» para aliviar las iras de Chac, el Dios de la Lluvia. Nos dijeron que sí, que una muchacha de no más de trece años...

Sonó un golpe sordo y «Dama Pluma de Quetzal», con la palidez de los muertos, apareció tendida en el suelo.

—Se ha desmayado, Señor.

—Reanimadla, necesita seguir oyendo el relato.

«Ciruela de Agua» desabrochó el pesado collar de jade que llevaba colgado del cuello y comenzó a darle palmadas en la cara.

—Señora Kukum..., Señora Kukum...

Poco a poco comenzó a abrir los ojos. Cuando fue consciente de lo que había sucedido, sintió cómo se arrebolaban sus mejillas. Y dirigió una mirada temerosa a su esposo.

—Tranquilízate —dijo, acariciando sus manos heladas—, no saques conclusiones hasta que no hayas oído el relato completo.

El guerrero, ante la mirada del Emperador que le servía de invitación, siguió.

—Pero no era ella, Señor. Los sacerdotes nos contaron que aquella joven tenía un defecto: le faltaba la mano izquierda. Y ya sabéis, nos dijeron, que las víctimas de los sacrificios preferidas de los dioses son las que tienen alguna tara física.

»Señora Kukum, no te asustes, la mano le faltaba de nacimiento. Un ser especial que los sacerdotes habían mimado hasta que tuvo edad suficiente para ser arrojada al pozo.

»Cuando acabamos la conversación con los chilanes, comprendimos que la doncella Ix Chuntunah no había podido caminar tanto. Nosotros emprendimos la marcha dos días después de su desaparición y somos hombres fuertes y experimentados.

Halach Uinic le interrumpió colérico.

—¡Habéis perdido un tiempo precioso, inútiles!

El guerrero, aceptada la idea de que morirían desollados vivos por no traer buenas noticias al Emperador, no movió ni un solo músculo de la cara. Y esperó a que se le diera permiso para seguir hablando.

Halach Uinic estaba sentado en el trono con las piernas cruzadas y con las manos apoyadas en las rodillas. Su gesto era fiero para disimular la angustia que sentía. Miró a Ix Kukum, que lloraba mansamente, con aquella cara todavía infantil que poseía, adornado su negro pelo con una diadema de flores silvestres que estaban empezando a marchitarse.

Miró al guerrero de nuevo y su rostro se dulcificó un instante.

—Volvimos —dijo el hombre, captando el mensaje— sobre nuestros pasos. El mediodía estaba próximo. Afortunadamente comenzó a nublarse el cielo y eso nos pareció un buen presagio que nos dio ánimo para seguir caminando a buen paso. Todas las ciudades por las que atravesábamos estaban trabajando afanosamente, preparando los tributos que se han de pagar en este mes. Cruzamos pueblos, pequeños prados de hierbas brillantes que se movían al compás de la brisa. Atravesamos gargantas profundas y subimos pequeñas colinas, siempre vigilantes, con la esperanza de ver a la pequeña Ix Chuntunah al borde de algún camino. Dejábamos los prados y penetrábamos en los bosques con sus mil peligros siempre acechantes; con árboles que de día parecían enormes esmeraldas y por la noche terribles monstruos dispuestos a saltar sobre nosotros al menor descuido. Atravesamos aldeas de casas pintadas de rojo, amarillo, verde... Abrimos las tapas de muchos chultunes (1), con el miedo atenazándonos el corazón... Después, desazonados, llegamos hasta Tulúm, la Ciudad Amurallada, pero no penetramos en ella. Y desde allí, Señor, y sin haberte consultado previamente, por lo cual merecemos tu castigo, embarcamos hacia la Isla de las Golondrinas, Cozumel. Sólo nos restaba en nuestra frenética búsqueda rogar a Ixchel, la Señora del Arco Iris y Diosa de la Luna, y pedirle por tu pequeña Ix Chuntunah, además de consultar los oráculos de los sacerdotes.

»Descorazonados, y con la ilusión perdida, hemos venido a darte estas infaustas nuevas: no hemos en-

_____
(1) Alcantarillas.

contrado nada..., nada que nos haga concebir esperanzas de hallarla.

Los dos hombres se arrodillaron y se echaron boca abajo, esperando el castigo que les sobrevendría.

Ix Kukum, asombrando a todos, gritó.

—¡Está viva! Algo en mi corazón me dice que mi hija está viva.

Y siguió llorando.

—Cálmate, señora Kukum —le dijo su esposo. Después se volvió hacia los guerreros—. ¿Habéis dicho que llegasteis hasta Tulúm?

Sin levantarse del suelo, con la frente apoyada en tierra, contestaron en un hilo de voz.

—Sí.

—¿Lo recorristeis por dentro?

—No, mi Señor. La idea de embarcar hacia la Isla de Cozumel se hizo de pronto imperiosa. Creímos que debíamos seguir nuestro impulso.

—¡Volved! ¡Volved rápido! ¿Cómo no habré comprendido antes? Tulúm no está muy lejos de aquí. Tal vez ella haya caminado a los ojos de todo el mundo por el Sacbé, el Gran Camino, que la une con Chichén Itzá. Está constantemente lleno de gente y no habría llamado la atención de haberlo elegido. ¡Partid con presteza hacia allí!

Ix Kukum, cuando oyó la enternecedora historia de aquellos dos guerreros, se sintió compadecida. El viaje a la Isla de Cozumel, debido a los caribes que se comían a los que desgraciadamente caían al agua desde las canoas, era muy peligroso. Y ellos habían arrostrado todos aquellos peligros con el fin de orar por su hija. Dirigió una dulce mirada a su esposo.

—Señor Halach Uinic, permite que estos hombres descansen una jornada y llenen sus pobres estómagos de algunas viandas después de bañarse. Se los ve agotados.

—Sea. Pero sólo el tiempo necesario, antes de que los de Tulúm se dirijan hacía aquí para disfrutar de las fiestas de Chichén Itzá. Ahora la gente estará más tranquila para preguntarles por..., mi hija —acabó en un susurro emocionado.

Los guerreros, sin dar crédito a lo que estaba pasando, se levantaron de un salto. Sin volver la espalda, salieron del salón del trono y se dirigieron a los baños del palacio.

El encuentro

POR allí, sin hacer ruido..., me parece que se ha escondido detrás de aquellos árboles. Vamos a ver si la podemos sorprender.

—Es muy lista, ya se nos ha escapado en tres ocasiones. Yo no sé cómo desaparece de nuestra vista, parece un astuto jaguar.

Avanzaron con cuidado, mirando antes de posar los pies para que el chasquido de alguna rama no pudiera romper el silencio. Ah Cuy habló en un susurro.

—¿La oyes? Está agotada y respira con dificultad. Ahí, detrás de ese árbol.

—Sí, tú ve por la izquierda, yo lo haré por la derecha. Lo bordearemos.

Se arrastraron como sinuosos reptiles dispuestos a saltar sobre su presa. De pronto, un profundo silbido cruzó por los aires y la muchacha se puso en pie sobresaltada. Pero no le dio tiempo de huir; unas manos atenazaron sus brazos y se encontró frente a los dos amigos. Como una gata salvaje, comenzó a dar terribles maullidos y a intentar escapar de ellos; pero fue inútil. Ningún esfuerzo podía desprenderla de aquellas terribles zarpas que la tenían sujeta. Suspirando profundamente, se dejó caer al pie del árbol.

—¿Quién eres? —preguntó Ah Cuy—. ¿Cómo te llamas?

—¿Por qué nos vigilas? —dijo Ah Zacboc, impresionado por su belleza.

Ella movía la cabeza negativamente con gestos rápidos. Sudaba debajo del collar con gotas que caían desde su frente hasta el borde del labio superior, mojando sus mejillas.

—¿No sabes quién eres o no nos lo quieres decir? —insistió Zacboc.

Otra vez la joven movió negativamente la cabeza.

—No nos lo quiere decir —aseveró Zacboc.

—O no sabe quién es —repuso Ah Cuy—. ¿No ves que le has hecho dos preguntas a la vez? No puedes saber a cuál de ellas te ha contestado.

La muchacha sonrió con ternura, afirmando con la cabeza.

—Bien, te preguntaré otra vez. ¿No sabes cómo te llamas?

Ella volvió a negar; pero esta vez sin la altivez del principio. Sus labios se curvaron en un inicio de llanto.

—No irás a llorar, ¿verdad? —le preguntó preocupado Ah Cuy—. Mira, no queremos hacerte daño; llevamos varios días intentando hablar contigo y ayudarte. Porque tú no eres de Tulúm, ¿verdad?

Ella elevó los hombros en un gesto de duda.

—¿No lo sabes? —Ah Zacboc estaba profundamente extrañado—. ¿Cómo que no sabes de dónde eres?

Ella comenzó a llorar silenciosamente.

—Bien, no eres de aquí. En Tulúm vivimos pocas familias y nos conocemos todos. Y yo es la primera vez que te veo... Oye —preguntó de pronto—, ¿puedes entendernos pero no puedes hablar?

Esta vez el gesto de la muchacha fue afirmativo y la cara se le iluminó con una encantadora sonrisa. Después levantó los brazos, señalando las manos de los dos muchachos.

—Ah, no —dijo Ah Cuy—, eso sí que no; te escaparás otra vez.

Ella movió enérgicamente la cabeza con signos negativos.

—¿Nos lo prometes?

Afirmó sonriendo.

—Bien, te soltaremos. Pero estás agotada y mira tu vestido, hecho jirones. Te sangran los pies... ¿Llevabas sandalias?

Volvió a afirmar.

—Con razón... Vamos, Zacboc, soltémosla. Si se escapa la podremos alcanzar. Y, esta vez, la ataremos a un árbol hasta que averigüemos quién es.

La soltaron con cuidado, separando uno a uno los dedos, temiendo que no cumpliera su palabra. En el lugar donde la habían sujetado aparecieron marcas blancas y violáceas. Ah Zacboc sintió pena.

—Hemos sido unos brutos, pobre niña.

Ella comenzó a frotarse los brazos con gesto de dolor.

—Tendremos que ponerte un nombre. ¿Verdad, Zacboc?

—Sí, pero, ¿cuál? Ah..., yo creo que el mejor que conviene... —se detuvo, asustado de sus pensamientos.

Cuy lo miraba interrogante.

—¿Cuál? Vamos, dínoslo de una vez. A lo mejor acertamos con el que tiene.

—¡Ixchel!

La muchacha abrió los ojos asombrada y negó repetidamente con la cabeza.

—¿Estás loco, Zacboc? Nadie puede llamarse como la Diosa de la Luna.

—Es que —repuso, azarado—, es que ¡parece una diosa! Es tan bella que no puede tener otro nombre.

Estaba anocheciendo, las hojas de los árboles eran

removidas por una suave brisa que las hacía chocar entre sí obligándolas a producir un dulce sonido.

La niña se llevó las manos al estómago.

—Tienes hambre, ¿verdad? —dijo Ah Cuy—. Bien, tú vigílala —miró y vio que ella se enfadaba—. Bueno, no te preocupes, no queremos que vuelvas a escaparte. Que Ah Zacboc se quede contigo mientras yo voy a mi casa para ver qué puedo traerte. ¿Te gusta el pozol?

Ella sonrió y volvió a afirmar.

—Mi madre ha hecho unos pasteles de carne de venado para la cena; con seguridad están aún en la fiesta de Ix Chocohhá, mi madre. No creo que me sorprendan, te traeré un cuenco de calabaza con pozol caliente, unos aguacates y los pastelillos de carne. Después te buscaremos un refugio para que puedas pasar la noche, ¿te parece bien?

Sus ojos le dieron la respuesta que él esperaba. ¡Comer! ¡Iba a comer! Y comenzó a reír, pero de su garganta sólo salió un triste maullido; después lloró.

—Bien, bien —Ah Cuy estaba compadecido—, no te excites. Ah Zacboc y yo cuidaremos de ti. Y ahora dime, ¿quieres que se quede él mientras yo voy por la comida? De veras, nos fiamos de ti.

Ella, como contestación, sujetó nerviosamente el brazo de Ah Zacboc.

—No te preocupes, no te dejaré sola. Vamos, Cuy, no demores tu partida; está muerta de hambre.

—Un momento, si tus padres o los míos me preguntan qué estoy haciendo..., ¿qué crees que debo decirles?

—Definitivamente se lo tendremos que contar. Mírala, parece ser la hija de uno de esos ploms (1). No se explica si no es así las ricas vestiduras que lleva, o esas joyas de oro y jade que tiene. Lo que no entiendo es cómo ha llegado hasta Tulúm, porque ya sabemos que no es de aquí. Si es así, la estarán buscando y me da miedo pensar que la encuentren y crean que la hemos secuestrado. Porque si se diera el caso de que la vieran con nosotros, como ella no sabe hablar, ¿de qué manera podríamos defendernos?

La muchacha seguía muy atenta las explicaciones de Ah Zacboc y su cara se ensombreció al momento. Ah Cuy captó aquella mirada de desesperación.

—Pero eso —dijo en un intento de tranquilizarla— no debe preocuparnos. Si alguien la está buscando y la encuentra, pertenecerá a su familia, ¿no? Y estarán acostumbrados a comunicarse con ella... En ningún caso constituirá un peligro para nosotros.

—Anda, anda, ¡vete ya! ¡Qué bien te pusieron el nombre que llevas! —se dirigió a la muchacha—. Cuy, como ya sabes, significa «Lechuza», y es un nombre de persona SABIA.

Recalcó muy bien la última palabra, pero Ah Cuy no se enfadó con él.

_____
(1) Comerciantes acaudalados.

Se levantó y empezó a correr. Al poco rato volvió cargado.

—Pero, ¿qué traes en ese cesto?

—De todo lo que he podido encontrar: comida, un viejo vestido de mi madre para que se cambie ese que lleva hecho jirones; unas sandalias que me ha dado tu hermana Ix Kanpepen; un cofrecillo de juncos para que guarde el collar y los pendientes —iba sacándolo todo con nerviosismo—, una funda y un buen puñado de kapok, las fibras del árbol de la seda, para hacerle un mullido almohadón y pueda dormir sin apoyar la cabeza en el suelo.

En un impulso irrefrenable, la muchacha se acercó a Ah Cuy y lo abrazó con ternura. Ah Zacboc torció el gesto. Ella sonrió y lo abrazó también a él, que sintió cómo le ardían las mejillas sin poder controlarse; se separó de ella fingiendo ocuparse del trabajo.

Al momento quedó organizado todo según los planes que hicieron sobre la marcha. Le construyeron una especie de refugio con hojas de palma. Dentro colocaron el almohadón, la comida y una calabaza llena de agua. Mientras, ella se cambió de ropa detrás del tronco del macizo cedro donde se encontraban; guardó sus joyas, se recogió el pelo en una trenza y se lavó la cara. Cuando apareció ante ellos estaba desconocida.

—Nos tenemos que marchar, no debemos levantar sospechas. Mañana volveremos.

Asintió con la cabeza y les entregó su ropa vieja y el cofre con las joyas.

—¿Quieres que nos llevemos esto? —preguntó Ah Cuy.

Volvió a asentir.

—Creo que es buena idea —contestó Zacboc—. Ya pensaremos lo que debamos hacer. Adiós, Ixchel.

—Eres un cabezota; se te ha metido ese nombre y no hay quién te haga desistir de la idea, ¿verdad?

Se alejaron discutiendo. Llegaron a sus casas cuando la fiesta había terminado y la noche cubría por completo los alrededores.

La muchacha devoró frenéticamente los alimentos, bebió agua y se acostó. Se quedó dormida en un instante.

5

La partida
de los guerreros

«CIRUELA de Agua» caminaba lentamente acompañada de la esclava joven, Ix Chacnicté, «Flor Encarnada», hacia la cocina donde debían de estar comiendo los guerreros. Llevaban un recado de la señora Kukum. Ella hubiera querido decirle que los dos guerreros se sabían de memoria lo que les iba a decir, que se lo habían repetido más de cien veces; pero no deseaba, ni debía, llevar la contraria a la señora porque era muy buena con ella y con Ix Chacnicté, su hija.

Atravesaban en aquel momento un jardín cubierto de grandes arriates con flores rojas, violetas, anaranjadas y amarillas, conjuntados sus colores de manera que pareciesen un arco iris luminoso. Más de cincuenta jardineros habían estado trabajando durante un año cuando Ix Kukum llegó a vivir en palacio, y se pusieron directamente a sus órdenes. Ella diseñó y buscó las plantas más raras, ideó figuras para los setos de mirtos, dibujó las acequias. Halach Uinic le dejaba hacer y era tremendamente dichoso cuando la veía feliz, con los planos de papel de huun,

de corteza martillada, debajo del brazo y comentando con él los avances.

Más tarde pensó en colocar unas cuantas acequias más; y puso a su alrededor enormes macetones, a la sombra de los cuales se sentaba en los días de calor; y jugaba con la pequeña Ix Chuntunah, mostrándole los peces mientras le enseñaba sus nombres. Desde las ventanas de su aposento, Halach Uinic las miraba satisfecho.

Pero hubo más, porque ni uno solo de sus caprichos le había sido negado: el palacio sólo tenía puertas abiertas en los muros centrales; ella las mandó abrir en las paredes transversales para no tener que recorrer los inmensos pasillos, cada vez que quería trasladarse a una estancia determinada. Los carpinteros buscaron los mejores árboles de caoba y cedro para construir los marcos, que después fueron primorosamente labrados con figuras de pájaros, flores y serpientes. Pájaros copiados de la pajarera real que, además de quetzales, tenía gran cantidad de otros, exóticos y extraños, donde no faltaban aquellas filigranas voladoras que eran los colibríes.

El palacio había cambiado, pero no fue sólo la parte de su estructura. Ix Kukum había dado un nuevo estilo a la vida cotidiana. Los aposentos se llenaron de risas y alegría; y se había ganado el cariño y la adoración de todos sus habitantes. Además, cosa que maravilló grandemente, asistió desde el primer día a la escuela que había en palacio para enseñar a los hijos de Halach Uinic y a los varones de la más exquisita nobleza de Chichén Itzá.

—Madre —la increpó Ix Chacnicté—, vas a volver a

tropezar. Ten cuidado ahora con las escaleras. Están recién regadas y puedes resbalarte con la hierba húmeda que hay entre sus baldosas. ¿En qué vas pensando?

—Son recuerdos de hace muchos años, cuando la señora Kukum llegó a este palacio para casarse con el señor Iqi-Balam, «el Tigre de la Luna», nuestro Halach Uinic. Tú naciste en el mes de Pop, el día de Año Nuevo, el mismo que Ix Chuntunah. Me acuerdo que no pude en aquellos días barrer las estancias del palacio, ni ayudar a tirar los viejos utensilios a los basureros como es costumbre en esas fechas. Pero no me hagas caso, son cosas de vieja, que nos acordamos del pasado en vez de estar preocupadas por el presente.

—Tú no eres vieja, madre, lo que tienes todavía es el susto que te produjo el haber roto el espejo de obsidiana de la señora Kukum.

—No lo entiendes, Chacnicté. Que yo recuerde, nunca me ha castigado, nunca. Se pone enferma sólo de pensarlo. ¿No has notado que siempre, como por casualidad, se mete en la cama y no se mueve en varios días el año en que los chilanes sacrifican a alguna jovencita en el Gran Cenote cuando no llueve?

—Entonces es que ella...

—Yo la conozco, no está enferma, no le pasa nada. Pero no acompaña al Halach Uinic a la ceremonia. Sobre todo le martiriza la idea desde que nació Ix Chuntunah. Y ahora está como loca, no duerme ni come; se han acabado las risas en palacio y yo sé que morirá de pena si no aparece pronto su hija.

—Madre, tú no tienes la culpa.

—Yo me siento culpable de su sufrimiento cuando te veo a ti, que tienes la misma edad y has jugado tanto con ella, a mi lado. Y me siento culpable porque desde que desapareció la niña, todas las mañanas al levantarme, y cuando me acuesto por las noches, doy gracias a los dioses porque no hayas sido tú la desaparecida. Y quemo bolitas de incienso de copal; y renuncio a comer los platos que me gustan; y pincho mis carnes con espinas de pescado para que esos dioses no desoigan mis súplicas. Por eso me siento vieja, porque me veo impotente para solucionar las cosas y porque, con gran egoísmo, pienso sólo en ti en estos momentos.

Ix Chacnicté la sujetó amorosamente por el brazo.

—Aparecerá, madre. Y en palacio todo volverá a ser como antes. Yo también la echo de menos. Pero nosotras no podemos hacer nada, sólo consolar a la señora Kukum.

Siguieron andando en silencio, abrumadas por los tristes pensamientos y llegaron a las dependencias donde estaban las cocinas. En aquellos momentos los dos guerreros salían de ellas. Se habían bañado y, después de haberse cambiado las ropas llenas de polvo por otras que les proporcionaron, habían comido en abundancia.

Se dirigieron hacia las dos mujeres. El más joven sonrió a Ix Chacnicté.

—No me digas que venís de nuevo con el mismo mensaje, nos sabemos de memoria lo que vais a decirnos: Ix Chuntunah llevaba el día de su desaparición un vestido blanco bordado en tonos azules, ro-

jos y verdes. Además, colgado de su cuello, un collar de oro y jade con cuentas como gotas de rocío;
y unos pendientes, haciendo juego, con el mismo
engarce. Mirad —les enseñó una hoja de papel enrollado—, la señora Kukum nos ha dado este dibujo
de las joyas.

—Sí —respondió «Ciruela de Agua»—, ella misma lo
diseñó y mandó a los orfebres que lo hicieran para
la niña.

—No os preocupéis, haremos todo lo posible por encontrarla —dijo el guerrero.

«Ciruela de Agua» afirmaba complacida con la cabeza.

—Es —le dijo emocionada—, es muy guapa, se parece mucho a la señora Kukum... Id en paz. Yo ya
no sé qué deciros, la tristeza me ahoga cada vez que
hablo de ella.

El guerrero mayor, con cara que demostraba la gra-
vedad del momento, le dijo.

—Sabéis que este año es especialmente peligroso,
¿verdad? Los chilanes estarán buscando ya, entre
las doncellas más hermosas, a una para ofrecérsela
a Chac, el Dios de la Lluvia...

La esclava se llevó la mano al corazón.

—No sigas...

—Pero —continuó el guerrero— no podemos cerrar
los ojos ante la evidencia. Nadie la conoce fuera de
palacio; si la encuentran sola y desamparada, tan bella como decís que es, no dudarán en arrojarla al
Gran Cenote.

—Eso es lo que teme Ix Kukum —intervino Chacnic-té.

—No os entretengáis, salid por la puerta lateral del palacio, que no os vea la señora —dijo «Ciruela de Agua».

—Volveremos en primer lugar a dar una batida por Chichén Itzá; después partiremos hacia Tulúm. Antes de que acabe el mes, habremos vuelto.

Salieron de palacio seguidos por la mirada angustiada de las dos mujeres y enfilaron el camino hacia el centro de la ciudad; dejaron a su derecha el gran edificio del Juego de Pelota con sus muros labrados y el Templo de los Tigres, paralelo a él, con bellas columnas serpentinas. Al frente, rematando el conjunto, estaba situado el Tzompantli, la plataforma decorada en sus laterales con calaveras en hileras horizontales. Sobre ella había una empalizada para ensartar los cráneos de los sacrificados.

Ah Balantum, «Piedra Cubierta», y Ah Batz, «Hilo de Algodón», el más joven, llamado así porque era extremadamente delgado, se pararon en aquel punto.

—¿Nos dirigimos por el sacbé del Norte hacia el Gran Cenote? —dijo Ah Batz.

—¿Para qué? No hay ningún motivo; no aún, ya que no han empezado las fiestas en honor del Dios de la Lluvia. Haremos algo mejor, nos asomaremos al Templo de Venus, allí tengo un amigo encargado de la vigilancia al que hace mucho tiempo que no veo. Veré si podemos sonsacarle, pero sin contarle la verdad de momento si no es necesario. Mientras menos gente sepa que Ix Chuntunah es hija del Halach Uinic, mejor.

Apretaron el paso y bajaron hacia la izquierda dejando atrás el resto de los Templos. Al llegar se pararon delante de una de las cuatro escalinatas que estaban rematadas en sus laterales con una cabeza de serpiente. El planeta Venus estaba representado en los paneles salientes en forma de un haz que estaba sujeto en el centro y su lateral con una media flor con aspas en los pétalos. En el espacio hundido en el centro aparecía el dios Kukulkán, Venus, saliendo de las fauces de una serpiente con plumas, garras de jaguar y lengua bífida.

Ah Balantum no vio a su amigo.

—Entremos —dijo.

—¿No seremos castigados por tal osadía? —respondió Ah Batz.

—Llevamos órdenes del Halach Uinic de registrarlo todo.

Ah Batz se tranquilizó y penetraron por una puerta lateral; avanzaron por la misteriosa y oscura recámara y llegaron delante de una pesada puerta que empujaron silenciosamente. Un estallido de fiera belleza se presentó ante sus ojos: sobre una piedra rectangular, labrada alrededor con figuras que sostenían antorchas en sus manos, estaba tendido, inerte, un ejemplar magnífico de jaguar. Su cuerpo marrón jaspeado de negros círculos. Enfrente, un brasero de piedra labrada expulsaba el humo aromático y oscuro que resultaba de quemar incienso de copal. Sobre el animal había un hombre tocado con un turbante color turquesa del que salían largas plumas verdes y con un complicado collar de malaquita sobre el pecho; sujetaba un cuchillo de pedernal entre sus manos, elevando la punta hacia el cielo, murmurando sordos ensalmos. No estaba solo. A su derecha otros dos hombres, uno con el turbante rojo y el otro blanco, lo observaban. El más alejado sostenía una antorcha negra sobre su brazo derecho lleno de ajorcas de jade hasta el codo. Tres hombres más seguían en silencio el ritual, uno de ellos con el cuerpo pintado de blanco y una máscara sobre su rostro, que sujetaba en la nuca con dos tiras blancas de algodón; los otros dos, con el cuerpo pintado de rojo y las máscaras de igual color. Delante de la piedra del sacrificio había una abertura cuadrada en el suelo, por donde bajaría la sangre de la víctima.

Antes de que el pesado cuchillo penetrara implacable en el costado del hermoso animal, los dos hombres dieron la vuelta y salieron al exterior. Ah Batz había palidecido.

—¡Nunca me acostumbraré! —dijo.

—Eres un hombre extraño —contestó su amigo—. Sin embargo, no puede decirse de ti que seas un cobarde, al contrario. ¿Qué es lo que te sucede?

—No sé si es el aire irrespirable, la majestuosidad de los sacerdotes, o el olor nauseabundo de la sangre lo que me revuelve por dentro. Pero noto que algo me sube por la garganta desde el pecho y se deshace en pesada espuma en mi boca.

Respiró profundamente y el color poco a poco volvió a sus mejillas. Después comentó desanimado.

—No la encontraremos, ¿verdad?

—Es difícil ya. Y más porque no la conocemos personalmente. Halach Uinic la ha tenido guardada como la más preciada joya de sus tesoros. Pero no desesperemos, gracias a los dioses conservamos la vida... Sin la oportuna presencia de Ix Kukum a estas horas seríamos pasto de las fieras en un oscuro cenote, o nuestros huesos se calcinarían lentamente al sol después de haber sido decapitados. En realidad no sé qué ha hecho que él nos perdone.

—Lo he visto impotente, desanimado. Sin poderlo disimular, una gran ternura se traslucía en sus ojos cuando la nombraba. Tú que eres padre, Balantum, ¿es posible que un hombre se derrumbe de tal manera cuando cree en peligro a su hijo?

Bajaban en aquel momento dejando a su derecha el Templo de los Guerreros, rodeado por mil columnas hechas con tambores de piedra y custodiada su entrada por el gran Chacmol (1). Ah Balantum fingió su admiración por el conjunto para evitar contestar a su amigo. Su cara había palidecido y sus ojos parecían destellar lumbre. Ah Batz, al darse cuenta, respetó su silencio.

Enfilaron el camino de Yaxuna, desde allí emprenderían la marcha hacia Cobá y después marcharían a Tulúm. Se conocían perfectamente las ciudades unidas por el gran sacbé; no tenían pérdida. Sólo que otras veces estaban seguros del éxito de las empresas que les habían encomendado; y ahora en sus corazones se había asentado la duda.

_____

(1) Estatua sedente que parece vigilar el santuario.

6

El viaje a Cozumel

EL pequeño Ah Xuahxim, «Pan de Maíz», hermano de Zacboc, enfermó durante la noche. Su llanto se escuchó en toda la casa durante horas y horas hasta que amaneció. Sólo Ix Itzhá conservó la calma. Mojaba limpios paños de algodón y los aplicaba a la cabecita ardiente con una paciencia y una ternura infinitas. Le decía cosas dulces y lo besaba constantemente; pero el niño continuaba llorando, retorciéndose de dolor.

—Mi pequeño «Panecillo de Maíz», mi dulce tesoro, pronto te pondrás bueno...

Ah Acanceh paseaba nerviosamente desde la cocina hasta la habitación, sintiendo que su corazón se desgarraba a cada grito del niño.

—Cuando amanezca iré a buscar al Ah Man, el hechicero. No podemos perder a nuestro hijo.

Zacboc sintió en aquellos momentos que algo se le rompía por dentro. Nunca había visto enfermo a nadie de su familia y la angustia no le dejaba respirar. Se sentó en el jardín de la casa. Las estrellas que a millares poblaban el cielo le parecieron menos brillantes que otras noches; y la luna llena, aterradoramente silenciosa. Su padre había dicho: «no podemos perder a nuestro hijo». ¿Es que iba a morir Ah Xuahxim? No podía ser, «eso» sólo le pasaba a los demás, no a su familia. Para ello estaban sus padres, para protegerlos de todos los males. Allí permanecía «Agua de Rocío», su madre; ella, como siempre, extendería sus manos amorosas y su dulce voz sobre todos y se acabarían los males. Pero, ¿y si no podía? ¿Y si el mal era más fuerte que ella? ¿Cómo podría, tan frágil y delicada, luchar contra él?

Alguien le tocó en el hombro, sobresaltándolo. Ix Kanpepen se sentó a su lado.

—No va a morir, ¿verdad?

No le mintió. Había descubierto en tan sólo unas horas que había cosas contra las que no se podía luchar.

—No lo sé, Kanpepen, no lo sé.

En su voz afloraba la resignación que da el convencimiento de lo fatal.

—Pues yo sí lo sé. Nuestros padres no lo consentirán. Además, Ix Itzhá me ha dicho que no me preocupe, que conservemos la calma, que todo se solucionará. Y ella nunca nos ha mentido. Mira, empieza a amanecer... Vamos dentro, el niño ha dejado de llorar.

En la habitación su madre lo sostenía sobre su regazo y besaba sus manitas heladas.

—¿Se ha curado ya? —preguntó ansiosa Kanpepen.

—No —contestó su madre—, se ha rendido por el cansancio, pero aún no está bien. Zacboc, acompaña a tu padre a buscar al Ah Man. Tú, Kanpepen, cámbiame el agua de este cántaro por otra fresca. Avisa a tu amiga para que te acompañe al cenote, no quiero que vayas sola. Y llama a Ix Zucilá, su madre, para que venga a estar conmigo.

* * *

Al poco rato, el Ah Man aparecía cargado con el «am», las seis piedras mágicas, hierbas medicinales, las aletas de la cola de un manatí y una quijada de tapir. Tiró al suelo las piedras y acercó su nariz para leer los augurios. Todos rodeaban al niño, expectantes.

—Prepara tus cosas, Itzhá. El «am» me dice que debes llevar a tu hijo en peregrinación al santuario de la Isla de Cozumel y pedir a la diosa Ixchel su curación. Ella le devolverá la salud. Yo no puedo hacer nada. Lleva bolitas de copal y quémalas en el santuario.

Ah Acanceh intentó conservar la calma. Sabía que el Ah Man no se atrevía a intentar la curación de su hijo porque la enfermedad debía de ser grave. Pero no dejó traslucir su temor. Ix Itzhá se levantó decidida:

—No hay tiempo que perder, las canoas saldrán dentro de poco tiempo hacia la isla. Baja, Zacboc, y resérvame dos sitios: uno para mí y otro para ti; tú me acompañarás.

—No —respondió el padre—, yo iré contigo.

Ella negó dulcemente con la cabeza.

—No, no vendrás. El viaje es muy peligroso, ya lo sabes. Si nos pasara algo a los dos a la vez, Kanpepen y Zacboc se quedarían sin padres y son todavía unos niños. Vendrá Zacboc y cumplirá ya con la obligación de visitar el santuario. Aunque es muy joven aún, no tendrá esa preocupación durante el resto de su vida. En otra ocasión tú acompañarás a Kanpepen y a Xuahxim.

Acanceh admiró en el fondo de su alma la sabiduría de su mujer; aquel imponerse dulcemente en lo que consideraba necesario.

—Zacboc, lleva a la diosa Ixchel a su nicho —dijo Itzhá.

El muchacho se levantó y cuando estaba colocando a la diosa en su sitio se acordó de repente.

—¡Ixchel! Por todos los dioses —pensó aturdido—, tengo que avisar a Cuy con rapidez. Me había olvidado de la muchacha que encontramos ayer.

Después fue hasta donde estaba su madre, que preparaba a su hermano.

—Salgo ya, madre, te espero en la canoa.

Bajó corriendo en dirección contraria a la playa hacia la casa de su amigo. Llegó sudando, con la respiración agitada, y lo encontró haciendo bolitas de barro para introducir en la cerbatana. Habían acordado marcharse a cazar pájaros. Pacientemente recogía pequeños pegotes que después redondeaba con las dos manos y los colocaba en una vasija.

—Cuy, escucha...

En un momento le puso al corriente de lo que pasaba.

—Vete tranquilo, yo bajaré hasta el refugio y se lo contaré. Pero antes tengo que cocer al fuego las bolas. Tened cuidado, ya sabes lo que cuentan de los hombres caribes: si alguno de los que van en las canoas cae al agua, y ellos andan cerca, dicen que se los llevan prisioneros y se los comen.

—Vaya ánimos que me das —respondió enfadado.

—Bueno, en Tulúm no se recuerda que le haya pasado nada a nadie hace mucho tiempo. Pero, por si acaso... Anda, vete ya, que va a llegar tu madre antes que tú.

Zacboc dio la vuelta y desanduvo lo andado. Cuando llegó a la playa, pudo reservar dos sitios en la última canoa que quedaba con plazas libres. Pidió una media calabaza vacía y se sentó. Cuarenta remeros estaban ya preparados en sus puestos; el capitán se había sentado y esperaba pacientemente en la proa de la canoa a que acabaran de llegar los viajeros.

Al fin apareció Itzhá con su hijo. Lo llevaba envuelto en un patí (1) y el niño dormía entre sus brazos dando de vez en cuando pequeños saltos que le hacían abrir asustado los ojos enrojecidos por la fiebre. Se sentó al lado de Zacboc y el capitán dio la orden de

_____
(1) Manta.

marcha. Llegaron a la Isla de Cozumel bien entrada la mañana, bajaron de las canoas y subieron al santuario. Allí le pidieron a Ixchel, la «Señora del Arco Iris», que curara al pequeño Xuahxim.

Zacboc miró a su madre mientras oraba y se quedó mudo de asombro: gruesas lágrimas que ella no se preocupó de ocultar rodaban por sus mejillas. Era la primera vez en su vida que la veía llorar.

La vuelta fue más accidentada que la ida, el mar estaba picado a causa del viento y se veían grandes lazos de espuma que chocaban violentamente contra la proa y llenaban de agua por dentro la canoa. Sin esperar la orden, todos los hombres, excepto los remeros, comenzaron a achicar el agua que iba introduciéndose a cada golpe de mar.

Zacboc miraba a su madre temiendo que se asustara ante el peligro, mientras él vaciaba con presteza al ritmo de los demás. Pero su madre no prestaba atención a los trabajos de los hombres, había desnudado completamente a Xuahxim y, ante la sorpresa de los viajeros, lo levantaba en sus brazos a cada envite de las olas haciendo que quedara completamente empapado en el aguaviento que azotaba la canoa.

El muchacho no dijo nada. Su madre sabía siempre por qué hacía las cosas, aunque a veces a los demás les resultaran extrañas. Al mirar a lo lejos, las antorchas colocadas sobre los muros de Tulúm como lejanas luciérnagas le hicieron comprender que se acercaban a la ciudad. Se oyeron desde todas las canoas alegres gritos de gozo. La Luna aparecía por el horizonte; su diosa había protegido a los viajeros.

Cuando atracaron en la orilla de la playa, su padre y su hermana estaban esperando ansiosos su llegada. Subieron lentamente hasta la casa. Ix Itzhá llevaba la serenidad pintada en el semblante. Acostó al niño envuelto en un delicado lienzo de algodón y preparó la cena. Después Zacboc y ella se bañaron y se cambiaron de ropa.

Xuahxim pasó tranquilo la noche. A los pocos días estaba sonriendo, con su carita de pan libre de todo vestigio de fiebre y la alegría en sus negros y vivarachos ojillos. Asombrados, vieron dos puntitos en sus encías superiores: estaban empezando a aparecer, blancos como dos limpias raspas de pescado, sus primeros dientes.

7

La investigación
de los guerreros

EL anciano maestro levantó la cabeza y aguzó el oído. Le había parecido escuchar unos pasos cautelosos que se acercaban al jardín, ahogados por la mullida alfombra de hierba que crecía en aquel lugar delicioso donde impartía sus clases a diario, rodeado de jóvenes alumnos. De pronto, la persona que se acercaba se detuvo, no sin dar tiempo a que sus ojillos cansados divisaran detrás del frondoso sauce el leve revolotear de la falda de un bordado vestido femenino. Sonrió con picardía y, como si no se hubiera percatado de nada, continuó con su clase de historia.

Hacía mucho calor y tenía que frotarse las manos con frecuencia para evitar que el sudor pudiera estropear los dibujos del libro, por donde seguía las explicaciones y leía la fecha de los acontecimientos pasados. Con disimulo, mientras se secaba la frente con un lienzo blanco de algodón, volvió a mirar hacia el árbol. Ella seguía allí. Por fin había vuelto a asistir a las clases que se impartían en los jardines del palacio. Suspiró con alegría. Eso significaba que lx

Kukum había decidido llenar sus horas con algo que le hiciera olvidar su pena.

Hacía dos meses que Ah Balantum y Ah Batz habían abandonado Chichén Itzá para dirigirse hacia Tulúm. Aunque prometieron volver antes de un mes, ya había comenzado el tercero y no habían aparecido. Halach Uinic, el Emperador, había enviado nuevos guerreros en su busca, pero volvieron sin averiguar nada, ni qué había sido de ellos, ni dónde estaban. La noticia corrió como un rápido torbellino por el palacio, Ix Kukum había permanecido encerrada en sus aposentos muchos días, enferma por el nuevo disgusto. «Ciruela de Agua» y su hija, Ix Chacnicté, no se habían separado de su lado temiendo constantemente por su vida. El mismo Halach Uinic la visitaba todos los días y movía la cabeza con pena cada vez que oía sus llantos.

Pero lo había superado y, siempre con la esperanza de que su hija apareciera, recuperó lentamente la salud. Al principio daba cortos paseos por el jardín, después se la vio sonreír.

Halach Uinic intentó convencerla para que bajara a las clases del viejo maestro, pero ella se negó rotundamente; sólo el hecho de pensar que Ix Chuntunah no ocuparía su asiento debajo de la frondosa palmera, le hacía encogérsele el corazón. Después recapacitó y por fin aquella mañana, con pasos aún inseguros, se había acercado. Cuando oyó que el maestro detenía sus explicaciones la invadió un repentino pudor y se escondió. Sabía que todos la recibirían con muestras de alegría y le preguntarían

cómo se encontraba; y no tenía ganas de dar explicaciones.

Cuando en un repentino ataque de decisión ocupó su lugar preferido, debajo de un sauce que casi la tapaba por completo con sus ramas que besaban la tierra, nadie se dio por enterado de que estaba allí. Halach Uinic, que conocía sus reacciones, había advertido a sus hijos y a los de los nobles y sacerdotes que asistían a las clases, que no se dieran por enterados de su presencia hasta que ella no se dejara ver.

El maestro, en aquellos momentos, señalaba la hoja de uno de los años del libro.

—Está aquí escrito: nuestro dios Kukulkán, «Serpiente Emplumada», construyó hermosos templos, los que tenemos en Chichén Itzá, la Ciudad de los Brujos del Agua. Colocó su símbolo sobre la Gran Pirámide que mira al mar y trajo la unidad a todos los mayas. Antes de que él viniera, estábamos siempre guerreando entre nosotros. Pero él nos enseñó que hablamos la misma lengua, que adoramos a los mismos dioses, que nos vestimos con la misma ropa. ¿Por qué habíamos, pues, de luchar? Por ello nuestro pueblo le nombró gobernante y dios.

—Sí —se oyó una voz que salía debajo del sauce—, pero nos abandonó. Ahí también tienes escrito que salió en el Katun 2 Ahau (1), embarcó en una canoa y se fue mar adentro...

Había rabia contenida en su voz. El maestro, con tono cariñoso, interrumpió a Ix Kukum.

---

(1) 23 de julio de 1017 en el calendario cristiano.

—Pero prometió volver por el mismo sitio por donde partió.

De nuevo se oyó la voz.

—¿Y por qué no está ya aquí? ¿Por qué no ha vuelto? —iba elevando el tono, presa de un incontenible
furor—. Si él estuviera aquí, Ix Chuntunah no hubiera desaparecido; o, si hubiera desaparecido, él la hubiera encontrado. ¿No era un gobernante sabio y por
ello le nombramos dios?

Todos miraron hacia el árbol, llenos de asombro. El
joven Itzamal, «Rocío que Desciende», uno de los hijos del Halach Uinic, comenzó rápidamente a pensar en una estratagema que disculpara la terrible frase de Ix Kukum. De todas las esposas de su padre,
ella era su preferida, porque quería mucho a su hermana Ix Chuntunah; más que a todos los hermanos
que habitaban en palacio. Si aquel terrible razonamiento llegaba a los oídos del Gran Sacerdote, no
perdonaría a Ix Kukum y las consecuencias podían
ser imprevisibles. Porque era lo suficientemente poderoso como para impedir que, ni el mismo Halach
Uinic, pudiera interceder a favor de su joven esposa
en un asunto tan grave. Él tenía, entre otros muchos
atributos, el ser miembro del Consejo que elegía al
sucesor del Emperador; y su hijo estaba presente
aquella mañana, como todos los días, en las clases
del anciano profesor.

Se levantó decidido.

—Señora Kukum, tu razonamiento nos ha hecho
comprender tu piedad hacia nuestro dios Kukulkam;
porque entiendes que sólo él, con su bondad y po-

der, habría hecho que ya estuviera con nosotros mi hermana Ix Chuntunah. Sólo tú, Señora Kukum, con tu sabiduría y bondad, podías dar muestra de su poder de una manera tan sutil e inteligente.

El maestro miró con orgullo a su joven alumno. Estaba de pie delante del sauce hablando con voz reposada, pero lo suficientemente alta para que lo oyeran todos. La sencillez de su vestimenta, sin ningún adorno, hacía resaltar su fuerte musculatura. Tenía los brazos extendidos hacia el sauce en una silenciosa invitación a que Ix Kukum saliera de su escondrijo. ¡Ojalá hubiera dado resultado aquella inteligente estratagema!

El hijo del Gran Sacerdote miraba divertido la escena. Era muy amigo de Ah Itzamal y se dio cuenta de que él era el destinatario de aquellas palabras. Se levantó de su asiento y se dirigió al sauce.

—Señora Kukum —llamó con voz suave, mientras sujetaba el brazo de su amigo—, has hablado con voz sabia. Sal, por favor, todos deseamos verte después de tu larga ausencia.

El maestro suspiró aliviado. Pero no fue él sólo; detrás de una rocalla, escondida, «Ciruela de Agua» se sentó medio desmayada en el suelo. Había visto levantarse al hijo del Gran Sacerdote, pero no pudo distinguir sus facciones, por lo que el terror se había apoderado de ella hasta que le oyó hablar. Después sintió un revuelo de faldas, moverse las hojas del sauce y a su señora, Ix Kukum, que pasaba delante de ella como una exhalación. Se levantó como pudo y entró en palacio con rapidez. Llegó hasta ella cuando Halach Uinic la abrazaba compasivo: había seguido toda la escena desde la ventana de su aposento. «Ciruela de Agua» se retiró discretamente.

—Kukum, mi pequeña «Dama Pluma de Quetzal»: debes ser más discreta. Tal vez —dijo reflexionando— he tenido yo la culpa por insistir en que bajaras a las clases. Aún no te encuentras bien del todo.

Ella levantó la cabeza.

—Estoy avergonzada. Tu hijo Itzamal ha sabido dar la vuelta a mi razonamiento inteligentemente. Tienes un buen hijo, Señor «Tigre de la Luna»; un hijo responsable y bueno.

Halach Uinic admiró el suave perfil de su esposa; una débil sonrisa le había devuelto una imagen llena de una gran paz interior que despertó su simpatía.

—Tranquilízate. Por esta vez ha pasado el peligro. El hijo del Gran Sacerdote y mi hijo son grandes amigos; no hará nada que rompa el hilo invisible de esa gran amistad. Vamos, ¿prefieres subir a tus aposentos o quieres que demos un paseo? Los jardines están repletos de flores, y podemos cortar algunas para adornar tus cabellos, ¿no es eso lo que más te gusta?

Ella asintió con la cabeza. Era hermoso sentir cómo el cariño de su esposo forjaba a su alrededor un espeso muro de ternura donde no tenía cabida el miedo. Sólo el recuerdo de Ix Chuntunah, con su cascabeleo de risas rompiendo los silencios, la persiguió durante el camino.

* * *

Los días habían pasado con gran rapidez para Cuy y Zacboc. Se turnaban para hacer compañía a la muchacha y llevarle alimentos; barrían su pequeño refugio, le acercaban agua en una media calabaza para que no pasara sed y, pacientemente, le señalaban las cosas deletreando para que intentara repetir los nombres. Ella movía la cabeza con suavidad, afirmando o negando, cuando le preguntaban; pero sin emitir ningún sonido.

—Es inútil —dijo Zacboc—, nunca aprenderá a hablar. Aunque sabe muchas cosas.

—Sí —contestó su amigo—, pero es muy extraño. Esta mañana, cuando vine para ver si necesitaba algo, le llamó la atención el xul, la vara de sembrar, que yo traía en las manos. Me dirigía al maizal para ayudar a mi padre y pasé por aquí un instante. Se acercó a mí sonriendo y con un gesto de las cejas me preguntó qué era aquello. ¿Cómo es posible que no haya visto nunca una vara de sembrar?

—Mira, he estado pensándolo mucho, yo creo que debemos contárselo a nuestros padres. No vamos a estar toda la vida ocultándola, ¿qué te parece? Llevamos cuatro meses en esta situación; y no creo que estemos actuando correctamente. Además, se acerca el último mes de la cosecha, el maíz está maduro y tenemos que cortar los árboles para preparar la próxima siembra. ¿Quién cuidará de ella?

—Tienes razón, cuanto más tiempo pase, más difícil será explicar lo que ha sucedido. Además, ¿te acuerdas de hace unos días, cuando vimos en Tulúm otra vez a aquellos dos guerreros? Me dan miedo; sobre todo porque no preguntan nada.

—¿Qué harán en la ciudad?

—No lo sé, pero miran a todas las muchachas jóvenes, las siguen hasta sus casas...

—Temo que estén buscando alguna doncella para sacrificarla en el Cenote. Las lluvias escasean este año. Por eso tenemos que hablar con nuestros padres. Si la encuentran, con lo bella que es y el defecto de no saber hablar, se la llevarán; son las más buscadas.

—No deben verla. Aunque ella ha tomado confianza y el otro día la sorprendí en los acantilados, descalza, saltando de roca en roca. Hacía intención de subir hasta la muralla y la detuve a tiempo. Me enfadé mucho y le pregunté gritándole que cuántos años tenía, sin acordarme de que no puede hablar. Mi intención era hacerle comprender que ya no era una niña pequeña. Para mi sorpresa, me sujetó la mano y me hizo que bajara con ella hasta la arena, buscó un palo con la mirada y, sentándose en el suelo, ¿sabes lo que hizo...?

Ah Cuy negó con la cabeza.

—Dibujó dos rayas horizontales, una encima de la otra, y colocó sobre ellas tres puntos, uno a continuación del otro también.

—¿Qué...? Pero eso en nuestro sistema de numeración significa el 13. Zacboc, es la broma más tonta de todas las que me has dado nunca. ¿Pretendes que te crea? —se levantó enfadado.

—Puedes creerme o no; pero lo más sorprendente es que, cuando yo abrí los ojos por el asombro, ella lo borró con el pie. Y comenzó a dibujar desde el cero hasta el veinte perfectamente, con rapidez y sin dudar ni uno solo de los signos.

—¡Te has vuelto loco! —dijo Cuy.

—Yo te digo —contestó Zacboc, ignorando el comentario de su amigo— que hay algo raro en ella. No conoce las cosas más elementales; sin embargo, sabe otras que sólo se enseñan a las personas de la clase noble. Y, aun así, nada más que a los hombres. ¿Desde cuándo has visto tú que una mujer sepa escribir los números?

Cuy sonrió.

—Eso no debe extrañarte, ¿no? Tu hermana Kanpepen se sabe ya de memoria los meses del año y los nombres de los días que lo componen. Y ahora, según me has contado tú, pretende aprender el nombre de los dioses que rigen esos meses y esos días antes de la ceremonia del Emkú, cuando salga de la adolescencia.

—Porque se los he enseñado yo —contestó con orgullo Zacboc.

—Bueno —continuó razonando Cuy—, pues de la misma forma ella tendrá un hermano que le haya enseñado todo lo que sabe.

—No sé, no sé... Lo cierto es que tú me has llamado loco cuando te lo he contado.

—Sí, tienes razón, me llamó un poco la atención; pero no hay nada mejor que pensar detenidamente en las cosas para darles la solución apropiada.

—¿No será la solución que se ajusta más a nuestras

necesidades para no seguir pensando en otras que nos dan miedo?

Iban caminando hacia las murallas de Tulúm. Los dos, cuando querían resolver algún problema, paseaban juntos hablando sobre ello. Se dirigían siempre hacia el centro de la ciudad, cruzaban delante de sus edificios y bajaban hasta la pequeña cala en donde atracaban las embarcaciones. Desde allí, sentados en una roca, contemplaban a lo lejos la isla de Cozumel. Emergía a aquellas horas como un gran monstruo azulado que yacía al atardecer, bañándose en las aguas azul turquesa de la costa. Las nubes teñían de púrpura el horizonte y tomaban la apariencia de enormes dragones alados.

—¿Qué sentiste al entrar en el santuario de la diosa Ixchel? —preguntó de pronto Ah Cuy.

—Nada, iba demasiado preocupado por las olas salvajes y furiosas y por mi hermano. Es extraño, pasas toda tu vida deseando hacer algo determinado y, cuando está entre tus manos, el mismo hecho de haberlo logrado apaga en ti los sentimientos de alegría. Cuando debía ser al contrario. ¿Te ha pasado a ti alguna vez? Yo —continuó sin esperar respuesta— no me enteré de nada; después, mi madre me explicó cómo los sacerdotes habían atendido las peticiones y de qué manera iban vestidos. Sólo recuerdo a mucha gente subiendo hacia el santuario; y a mi madre llorando... Lo demás es como una confusa niebla donde se entremezclan colores y plegarias.

Ah Cuy sonrió; después se levantó de la roca.

—Vámonos —dijo escuetamente.

Volvieron a desandar lo andado y en silencio caminaron por la vereda que subía desde la playa. Al dar la vuelta al gran templo pintado de azul, Zacboc dio un pequeño grito.

—Míralos, están otra vez ahí. Ven, demos la vuelta, no quiero cruzarme con ellos.

—¿No has visto el rollo de papel que llevan entre las manos?

Iniciaron el rodeo al templo, con objeto de evitar la presencia de los dos guerreros.

—Ve más despacio, Zacboc, ellos caminaban lentamente...

De pronto, sintió que una mano se posaba en su hombro. Dio la vuelta en redondo y vio que uno de aquellos guerreros lo sujetaba con fuerza. Cuy se encontraba en la misma situación con el otro a su lado. Los dos palidecieron.

—¡Ajá! ¿Qué os pasa, muchachos? ¿Teméis algo? Me parece que intentabais huir para eludir nuestra presencia.

Zacboc contestó aturdido.

—¿Por qué íbamos a eludirla? Nos marchábamos ya. Solemos bajar a conversar todos los días a la playa; y hoy se nos ha hecho muy tarde.

—Bien, espero que nos podáis contestar a algunas preguntas. Ah Batz —dijo dirigiéndose al otro hombre—, enseña ese papel a estos muchachos. No se os ocurra ninguna estratagema, os alcanzaríamos antes de que pudierais dar dos zancadas.

Ah Batz soltó a Cuy y extendió el rollo que llevaba entre las manos.

—Acercaos un poco, está anocheciendo y es difícil distinguir bien. ¿Habéis visto este collar y estos pendientes?

Zacboc tuvo que hacer un esfuerzo supremo para no dar un grito de angustia. Allí estaban, pintadas primorosamente, las joyas que llevaba la muchacha el día que la encontraron. Acercó la cabeza fingiendo ignorancia. Después eludió la pregunta con otra.

—¿Qué pasa con esas joyas?

—Somos nosotros —contestó agriamente Ah Balantum— quienes hacemos las preguntas, muchacho. Pero, ya que te interesa saberlo, te diré que han sido robadas a una señora de la nobleza de Tikal por su esclava. Huyó con ellas hace aproximadamente cuatro meses. Necesitamos encontrar las joyas y a la esclava.

—¡De Tikal...! —contestó Zacboc—. Pero está muy lejos, hacia el sur, ¿no? ¿Cómo pudo la esclava haber huido tan lejos?

Ah Balantum estaba perdiendo la paciencia.

—¡Condenado muchacho! ¿Estás intentando confundirnos?

Cuy se dio cuenta de que su amigo estaba en peligro.

—Señor, no le tomes en cuenta a mi amigo Zacboc sus comentarios. No hemos visto a ninguna esclava en Tulúm; conocemos a todos los habitantes de la ciudad y no nos hubiera pasado desapercibida. Además, vosotros lleváis bastante tiempo visitando los alrededores...

—¿Cómo lo sabes? —preguntó Ah Batz.

—Por lo que os he explicado, señor, aquí nos conocemos todos.

—Bien —Ah Batz comenzó a enrollar el papel—, continuaremos aquí varios días más. Estamos alojados en la «Casa de los Viajeros» que hay a la salida, hacia el norte. Si sabéis algo, o veis a alguna muchacha desconocida, id hacia allá inmediatamente a comunicárnoslo. Hay una recompensa de dos mil granos de cacao para quien nos ponga sobre la pista de esa muchacha.

—Lo tendremos en cuenta, señor. Te avisaremos si nos enteramos de algo.

Después tiró del brazo de su amigo, que seguía pálido y sin poder articular palabra.

—Vamos, Zacboc.

Comenzaron a andar hacia el centro de la ciudad.

—No se te ocurra echar a correr —dijo Ah Cuy—, tenemos que caminar lentamente hasta haber atravesado las puertas de la muralla. Con toda seguridad nos estarán observando.

—Me están temblando las piernas. ¿Te has dado cuenta cómo se miraban entre ellos?

—Tranquilízate.

—¡Una esclava ladrona! —dijo Zacboc con la ira reflejada en sus palabras—. Con razón nos dio la cesta para que se la guardáramos. Oye, ¿cómo habrá podido recorrer sola la gran distancia que nos separa de Tikal? Con razón tenía los pies hinchados y ese golpe en la cabeza; y estaba hambrienta, y...

—¡Cállate! Estás elevando la voz sin darte cuenta. Y no hagas juicios sobre nadie sin haberlo escuchado previamente —dijo Cuy.

—¡Ah, eso también! Con razón no habla, ¿cómo va a hablar? Aparenta que no sabe, pero lo entiende todo, ¿no? Claro que tiene que disimular, para no contarnos la verdad. Pero me va a oír. Ahora mismo vamos a verla y...

—Ahora mismo no vamos a nada, Zacboc. Estás muy nervioso y puedes hacer o decir cosas de las que luego vas a arrepentirte. Nos vamos a casa y mañana, cuando amanezca, iremos a hablar con ella.

Habían atravesado la muralla y volvieron la vista hacia atrás. No vieron a los guerreros y emprendieron una veloz carrera hacia los árboles.

* * *

Cuando los muchachos se alejaron, Ah Batz miró a Balantum, extrañado por su comportamiento.

—¿Por qué les has mentido? —preguntó.

—Mira, no hay manera de dar con esa muchacha. Y yo lo comprendo, la gente mira nuestras vestiduras y nuestra presencia les atemoriza. Así, diciéndoles que es una esclava ladrona, si la han visto nos dirán dónde está.

—No creo que dé resultado. Ni eso, ni ofrecer la de-

sorbitada recompensa. ¡Dos mil granos de cacao! Eso basta para hacer rico a un hombre. ¿Qué dirá Halach Uinic cuando se entere?

—¿Qué dirá? No sólo eso, sino mi vida entera daría yo por una hija si se encontrara en peligro. ¿Cómo no va a estar de acuerdo con la recompensa si la encontramos? —su voz se había tornado grave. Movió la cabeza con un triste suspiro—. Bien, ¿qué opinas de esos dos muchachos? Me pareció muy raro ver su reacción cuando le enseñaste el dibujo. El que se llamaba Zacboc temblaba como las hojas de los árboles cuando son removidas por la brisa.

—Yo no he notado nada —contestó Ah Batz—, pero no te preocupes, han dicho que bajan todas las tardes hasta la playa; sólo tenemos que esperarlos y vigilar sus movimientos. Vamos a dejarlos tranquilos un par de días para que cojan confianza.

—¿Crees que volverán?

—Lo harán si no tienen nada que ocultar. De lo contrario los buscaremos.

—De acuerdo, pero vámonos ya. Estoy deseando darme un baño y acostarme —dijo Balantum—, cuando esto termine me va a parecer mentira.

Caminaron hacia la salida de la ciudad y se perdieron entre las palmeras que bordeaban la senda que conducía hasta la «Casa de los Viajeros».

8

Ix Macachí

X Kukum miraba silenciosamente el jardín que se dominaba desde sus aposentos. Aquel día sería muy aburrido para ella; su esposo recibiría a los Bataboob, los Gobernadores de las ciudades que hacían los oficios de magistrados, jefes locales y administradores de los asuntos de las aldeas y los pueblos. Era una ceremonia lenta y pesada en la que, uno tras otro, cada Batab explicaba al Halach Uinic, con toda suerte de detalles, cómo las casas de su ciudad estaban en buen estado y de qué manera sus habitantes cortaban y quemaban sus campos para la siembra en la época que habían señalado previamente los sacerdotes. Además, los asuntos judiciales. Si habían sentenciado a algún criminal y la causa era muy grave, pedían del Halach Uinic su criterio antes de dictar aquella sentencia.

«Ciruela de Agua», su esclava, había elegido para ella el atuendo de aquel día, un vestido rojo bordado con jade, sus colores preferidos. Además, un par de pendientes de jade también, semejando una margarita de cinco pétalos abierta. El botón de la flor estaba perforado y por él pasaban dos agujas que atrave-

.saban el lóbulo de la oreja y estaban sujetas por la parte de atrás con dos bolas. Sobre su pecho, haciendo juego con los pendientes, portaba un gracioso búho, símbolo del mundo subterráneo, con el que estaba jugando haciéndole dar vueltas sobre la cadena de oro.

Se levantó contrariada y dirigió sus pasos hacia el salón del trono; se sentó en uno de los aposentos que comunicaban con él por una de las puertas que ella había mandado abrir. Allí no había colocado la hoja, sólo los dinteles labrados, y los separaba de la otra estancia una cortina de finas campanillas de plata, pero entre las cuales nadie podía observar la habitación contigua.

En aquel momento, Balam Agab, el señor «Tigre de la Noche», estaba hablando con el Emperador.

—... al principio no le di importancia a las habladurías, pero luego me convencí por mí mismo de que era cierto lo que se contaba de ellos. Me sorprendió enormemente que, desde la lejana Tikal, dos guerreros hubieran llegado a Tulúm en busca de una esclava que había robado un collar y unos pendientes, que ellos llevaban dibujados en una hoja de huun, el papel martillado que se usa para hacer los libros. Los mandé llamar a mi palacio y los interrogué. Se llaman Ah Balantum y Ah Batz. Pero cuando estuvieron delante de mí, o el miedo, o un secreto firmemente guardado, les impidió hablar. Los detuve y los encerré en una habitación. No sé, Halach Uinic, lo que debo de hacer con ellos.

Halach Uinic no contestó a la pregunta que, de una manera indirecta, le había hecho el Batab. Miró hacia la cortina y levantó la voz con el fin de que Ix Kukum, a la que adivinaba detrás, se tranquilizara.

—Y dices que eran dos guerreros que buscaban a una muchacha, ¿no es así?

—Así es.

El Emperador apoyó sus manos encima de las rodillas y las palmeó con fuerza.

—Bien, bien, bien... Déjalos en libertad —habló con aparente indiferencia.

—¿Sin saber su secreto? —El señor «Tigre de la Noche» no podía creer lo que oía.

—¿No has dicho que estaban buscando a una esclava que había robado unas joyas?

—Cierto, pero..., ¡es que han ofrecido como recompensa dos mil granos de cacao!

La risa del Halach Uinic retumbó en el salón del trono. Los Bataboob se miraron interrogantes. Nunca habían visto reír de aquella manera al Emperador; las lágrimas afloraban a sus ojos, incontenibles; y sus hombros hacían un movimiento de vaivén de arriba abajo cada vez que una nueva carcajada salía de su boca. Después hizo un comentario, cuando pudo hablar, que ninguno de ellos alcanzó a comprender.

—¡Menudos pillos! Déjalos, déjalos marchar. Veremos si la estratagema les da resultado... ¡Dos mil granos de cacao! ¡Menudos pillos!

Después pidió un cuenco de balché y siguió con la audiencia.

Ix Kukum se había quedado paralizada, con los brazos caídos a lo largo del cuerpo. De modo que no les había pasado nada, que seguían investigando en Tulúm sobre el paradero de su hija. ¡Sus súplicas habían sido escuchadas! Ahora el señor «Tigre de la Noche» volvería y, siguiendo las instrucciones del Emperador, los dejaría en libertad; de ese modo podrían seguir sus pesquisas. Pero, ¿cuánto tardarían en estar libres? ¿Un mes? ¡Un largo mes para volver a comenzar de nuevo! ¡Veinte largos días...! Bueno, ¿y qué era un mes si ella los había dado por muertos? Sí, cientos de veces había intentado llevar a cabo la loca idea de marchar ella por los caminos, preguntando..., sola... Y ahora, qué loca esperanza, el hecho de saberlos vivos era como saber viva a Ix Chuntunah. Porque tenía que estar viva, lo presentía; si no, ella hubiera muerto de pena.

Seguiría con sus ayunos, con sus plegarias y ofrendas de alimentos y de incienso a los dioses.

Se sentó sobre la estera de juncos que había en el suelo y elevó una larga súplica.

—¡Oh, Nueve Señores de la Noche! No dejéis que las fuerzas maléficas atropellen a Ix Chuntunah. No dejéis que una víbora la pique. No permitáis su muerte mientras ella esté jugando. Cuando ella sea grande, ella os dará una ofrenda de pozol. Cuando ella sea grande, ella os dará una ofrenda de tortillas. Cuando ella sea grande, ella os dará una ofrenda de tiras de corteza de árbol. Cuando ella sea grande, ella os tendrá presentes. ¡Oh, Señores de las Montañas y de los Valles! Proteged a Ix Chuntunah. ¡Oh, dioses benévolos del Trueno, del Rayo y la Lluvia, los que hacéis fructificar el maíz y garantizáis su abundancia! ¡Proteged a Ix Chuntunah! ¡Oh, dioses malévolos, los que causáis las sequías, los huracanes y las guerras, los que arruináis el maíz y traéis el hambre y la miseria, apartad vuestros horribles ojos de Ix Chuntunah!

«Ciruela de Agua» la levantó dulcemente del suelo.

—Vamos, señora Kukum. Te he preparado un baño y he introducido en él aromáticas hojas de menta. Tus aposentos huelen a su fresco perfume. Sí —hizo un gesto afirmativo al notar que ella quería hablar—, no te atormentes más, lo he oído todo. Pero, ¿tú no has notado que la ceiba que mandaste plantar en el jardín cuando ella nació eleva sus ramas cuajadas de flores rojas y brillantes al cielo? Ese árbol espera su llegada. Cuando vuelva, seguirá adornando con sus pétalos su negra cabellera...

Ix Kukum la escuchaba sonriente y se dejó llevar indefensa hacia sus habitaciones. Después del baño se quedó dormida.

*   *   *

La madre de Zacboc, Ix Itzhá, estaba terminando de tejer la última manta. Cuando comenzó no tenía pensado cómo iba a adornarla, pero la entrada en la casa de su hija Kanpepen en aquellos momentos la iluminó con una feliz idea: puso un hilo verde como base; después, cientos de diminutas mariposas amarillas, como su nombre, desperdigadas aquí y allá. Al acabar de tejer, bien entrada la noche, la cubría con un lienzo de algodón; había prohibido a todos mirar debajo. Sería una bonita sorpresa para la fiesta de Emkú, en la que la niña sería una de las participantes. Aquella fiesta significaba que se le acababa la niñez, que sería considerada ya como una mujercita y que se integraría en los deberes de la casa. Aunque desde muy pequeñita la había ayudado siempre. Y ahora ya tenía doce años... Aflojó el telar de su espalda y se incorporó de cintura para arriba; se frotó los ojos con las manos, estaba cansada. Hasta ella llegaba su canción favorita: la de las cigarras cantando al unísono. Zacboc, asomado a la puerta de la casa, le dijo algo.

—No te oigo, acércate un poco o grita más, hijo. Y tráeme la calabaza del agua, hace un calor insoportable esta tarde; tengo la boca seca.

Cuando llegó Zacboc, ella acunaba al pequeño sobre su regazo. Se llevó la calabaza a los labios, pero el gesto del niño, abriendo la boquita cómicamente, la hizo reír. Se la acercó a él primero.

—Despacio, despacio, te vas a ahogar.

Después vertió sobre sus manos un poco de agua y se la pasó por la cara. El pequeño cerró los ojos e intentó retirar sus manos tirándole de los dedos y dando pequeños grititos.

—No te gusta, ¿eh? Pequeño bobo, ¿no ves lo fresquito que te quedas? Pareces uno de esos tordos, azules y ruidosos, que van seguidos siempre de sus crías. Mira qué pelo tan negro y abundante tienes ya —le acarició la cabeza y lo levantó en el aire mientras, con infinita ternura, besó sus piececitos desnudos—. Y ahora otra vez a tu cuna, tienes que dejarme trabajar.

Lo inclinó en la hamaca que tenía colgada entre dos

árboles del jardín y la impulsó con suavidad. Después bebió de la calabaza.

—Itzhá, tengo que hablarte —le dijo Zacboc.

Ella enarcó las cejas. Su hijo sólo la llamaba por su nombre cuando algo grave sucedía.

—Siéntate a mi lado, debajo del árbol. Hace un calor muy fuerte todavía.

—No sé cómo empezar.

—¿Tan malo es? —dejó la labor para mirarlo.

—No me mires, sigue tejiendo; así será más fácil. Verás, te voy a hacer una pregunta, ¿tú protegerías a una esclava que hubiera robado algo a su señora?

Ella sonrió e, inesperadamente, le contestó con otra pregunta.

—¿Cómo sabes que Ix Macachí, «Labios Sellados», es una esclava que ha robado algo a su señora?

Zacboc palideció. Su madre no sólo conocía a la muchacha sino que, con su agudeza de siempre, le había puesto el nombre más apropiado. Se levantó de un salto.

—Siéntate, hijo, has asustado al pequeño.

En aquellos momentos, Zacboc la quiso más que nunca. Contempló admirado su rostro bellísimo, rodeada su cabeza de doradas orquídeas, la flor que más le gustaba: su esbelto talle y sus largas manos, casi aladas, de delicados movimientos; y aquella voz dulce, cuyo sonido recordaba las cascadas de blanca espuma, que alejaba los temores de quienes la escuchaban. Estaba allí sentada, cuidando a la vez del telar y del hijo pequeño, sin alterarse por nada, mirándolo con infinito cariño. Esperaba a que él hablara, sin presionarle. ¿Eran así todas las madres? ¿O a él se lo parecía porque era la suya y la adoraba?

—¿Desde cuándo lo sabes? —preguntó.

—Casi a la vez que vosotros dos, el día de la fiesta de la señora «Manantial de Agua Salada», la madre de Ah Cuy. Me sorprendió ver cómo os levantabais los dos y salíais corriendo después de haber oído el chasquido de una rama. A la mañana siguiente «desaparecieron» de la casa un vestido y unas sandalias de Ix Kanpepen. Comencé a atar cabos cuando siguieron «desapareciendo» cosas: tortillas que yo guisaba, frutas que tenía en los fruteros; y cuando os veía cuchichear, mirando misteriosamente hacia los lados, para ver si alguien podía oíros. ¡Pobre chiquilla! Una mañana te seguí sin que te dieras cuenta. Ah Cuy y tú os juntasteis en el recodo del camino que baja hacia el palmeral y entrasteis en una especie de burdo refugio, hecho de mala manera, detrás de los árboles. Me volví, pero cuando estabas en el col (1) trabajando con tu padre, encargué a Ix Kanpepen que cuidara del niño y me dirigí hacia allí. Sólo llevaba un temor: que tuvierais guardado uno de esos animales salvajes heridos, que tanto os gusta cuidar.

Tomó aire y volvió a beber de la calabaza. El niño se había quedado dormido.

—Bajé hasta el refugio —continuó sonriendo—. Cuando la vi, las dos retrocedimos asustadas.

(1) Maizal.

«¿Quién eres?», le pregunté. Pero ella no respondió, sólo elevó sus hombros en un gesto de duda mientras se llenaban sus ojos de lágrimas. «No temas —continué—, no te voy a hacer ningún daño. Soy la madre de Zacboc». Entonces ella sonrió, se acercó hacia mí y, como un animalillo indefenso, se refugió entre mis brazos. Tardé mucho en comprender por qué no me contestaba. No sabía siquiera su nombre, aunque lo entendía todo. Estuve preguntándole muchas cosas y ella afirmaba o negaba con la cabeza. No, no es una esclava. Sus manos están poco acostumbradas a trabajar, las tenía tersas y brillantes, con las uñas bien cuidadas; y sus maneras son las de una pequeña dama.

Me despedí de ella, prometiendo volver. Le dije que no se moviera de allí; ella afirmó sonriendo. Desde entonces he bajado todas las tardes para llevarle cosas, o, simplemente, para hacerle compañía. Nos hemos hecho grandes amigas. Tu hermana Ix Kanpepen también la conoce. Juntas estamos pensando qué hacer para que los dos guerreros no la descubran. Porque yo no he creído ni por un momento la rara historia que están contando de las joyas.

—Madre, tú no sabes...

—¿Lo de las joyas que os mandó que le guardarais? Sí, lo sé. Pero, aun así, tiene que tener una explicación coherente que ella daría si pudiera hablar. Y no te preocupes, se rumorea que el Batab de Tulúm, el señor «Tigre de la Noche», ha partido hacia Chichén Itzá a un encuentro con el Halach Uinic. Entre ida y vuelta, suponiendo que no se quede algunos días en palacio, se tarda más de un mes. Los guerreros están a buen recaudo en su residencia. Cuentan que le llamó mucho la atención la suma que ofrecían por «una esclava ladrona que había robado las joyas a su señora, en Tikal». ¿A quién se le ocurre? ¿Tú sabes las jornadas que, a buen paso, hay desde Tikal a Tulúm? Eso, suponiendo que hubiera podido integrarse en una caravana que partiera justo en aquel momento de aquella ciudad. Pero, ¿pensar que esa pobre niña hubiera podido hacer sola el viaje? ¡Qué disparate! Hijo, no sé qué habrá pasado; sólo que mi corazón me duele como si hubiera sido atravesado por una lanza, cuando pienso que en algún lugar una pobre madre estará sufriendo por la ausencia de su pequeña.

Dejó las manos sobre el regazo y tragó saliva con dificultad.

—Itzhá...

—No te preocupes. Después de la fiesta de tu hermana solucionaremos esto. De momento, Ix Macachí tiene que seguir en su refugio, así se lo he explicado y ella está de acuerdo. Cuando acabe la fiesta, tienes que partir hacia Chichén Itzá. Tu padre te prometió ese viaje desde hace mucho tiempo para que conocieras a nuestra familia. Os la llevaréis hacia allá; entre la multitud parecerá una más. Los guerreros, aunque se cruzaran con ella, vestida como una campesina y sin las joyas colgándole del cuello, no la reconocerían. Parece ser, además, que no la han visto jamás.

—¿Por qué piensas eso, madre?

—Porque nunca, desde que llevan preguntando en Tulúm, han sabido dar una descripción exacta de ella; sólo del collar y los pendientes.

—Madre, tú que lo sabes todo —hablaba con admiración—, ¿por qué crees que no puede hablar?

—De eso sabe más que yo, Ix Xuayabté, «La Soñadora», la abuela de tu amiga Ix Ucum. ¿No has visto cuántas historias cuenta? Es una mujer muy sabia —respondió con dulzura.

—Pero, para preguntarle eso tendría que explicárselo todo —dijo abatido.

—Sí, es cierto. Yo creo que lo mejor es mantenerlo en secreto, de momento; ya iremos averiguando más cosas. Anda, hijo, ve a recibir a tu padre, que viene cargado.

Se levantó contento. Era como si una gran piedra, como aquellas que se usaban para construir los templos, le hubiera estado ahogando con su peso; y ahora, de un golpe, unos brazos poderosos lo hubieran quitado de encima de su cabeza. Miró a su madre, que seguía sentada al lado del niño; al jardín, cuyas flores habían recuperado los colores de pronto; al cielo turquesa con la gran joya dorada en el centro... ¡Todo había cambiado, todo!

Al salir del jardín tropezó con Ix Kanpepen, que llevaba al pequeño «chic» entre los brazos. Se acercó a ella y le dijo al oído.

—Mañana te enseñaré a escribir los números.

—¿Qué? —preguntó asombrada.

Pero su hermano no le contestó; en aquellos momentos llegaba hasta la altura de su padre y le ayudaba a llevar la carga hasta la casa.

9

El festival del Emkú

ERA el día soñado por Ix Kanpepen.

Los preparativos para el festival del Emkú habían terminado. Como era una fiesta, «El descenso del dios», todo debía realizarse bien hasta en los menores detalles. La familia de Zacboc había arreglado primorosamente el jardín de su casa: lo habían barrido, y después extendieron hojas recién cogidas del bosque llenas aún del rocío de la mañana.

Ya estaban situados en dos grupos distintos niños y niñas que habían cumplido doce años. Permanecían de pie dentro de un cuadrado formado con una cuerda extendida en el suelo. Aquel cuadrado, decían, era mágico. En cada esquina estaban sentados los «chaques», hombres ancianos de la ciudad, muy honorables, que habían sido escogidos para el ritual.

Ix Xuayabté, «La Soñadora», explicaba a una niñita que tenía a su lado la finalidad de tal fiesta.

—¿Ves, pequeña «Ramita de Ceiba»? Ese cuadrado

está hecho de tal manera, que ningún espíritu maligno puede atravesarlo ni hacer daño a ninguno de los niños y niñas que actúan como participantes. Ahora, ese hombre que se adelanta es el Chilam. Tú sabes quiénes son los chilanes, ¿verdad? Son los sacerdotes encargados de la ceremonia. Mira..., mira cómo se adelanta; y cómo refulgen la hermosa capa de plumas rojas y el gran tocado. ¿Te gustan? Pues a mí, lo que más me llama la atención son los listones de madera de muchos colores que lleva entretejidos entre las trenzas. Y lo largos que son que hasta le llegan al suelo...

La pequeña estaba pendiente de la ceremonia y de las explicaciones de la anciana. Con su manita señaló al sacerdote.

—Baja las manos, pequeña. ¿Sabes lo que hace ahora el Chilam? ¿Ves cómo sopla el humo de ese cigarro? Pues eso significa que está purificando la casa; luego volverá a soplar sobre los cuatro lados del cuadrado. Así ahogará a los malos espíritus que estén acechando la ceremonia.

Dejó de hablar, emocionada por los recuerdos de su propio Emkú, cuando el Chilam echó sobre el brasero de carbones encendidos pequeños granos de maíz y bolitas de incienso de copal. Por el jardín se extendió un agradable olor y todos aspiraron profundamente. Después derramó balché, la bebida de agua-miel, en un vaso.

—¡Que se acerque mi ayudante y lleve esta bebida hasta las afueras de Tulúm! Debes dejarla allí, los espíritus del mal te seguirán, beberán de ella y no vendrán a perjudicar el festival.

Después sujetó su vara, labrada con serpientes de oro y jade, y se acercó a los niños agitándola nueve veces sobre sus cabezas.

—¿Habéis observado buenas costumbres? ¿Habéis respetado a vuestros padres y a vuestras madres? Si alguno ha faltado a estas obligaciones será separado del cuadrado mágico.

Asintieron a la vez. A continuación hizo lo mismo con las niñas y se sentó una vez concluido. Todos miraban expectantes, esperando que se adelantara el escogido, el padre que en representación de los demás tenía que ofrecer al Chilam los regalos por haber oficiado la ceremonia. Le tocó al padre de Ix Kanpepen. En sus brazos, vencidos por el peso, portaba saquitos de maíz, dos pavos y un trozo de carne de venado, contribución de los padres de los participantes. El Chilam, satisfecho, sonrió.

—Además —dijo el padre de la muchacha—, este hueso hueco con agua virgen. He tenido que caminar dentro de la selva una jornada entera para encontrar un lugar que no hubiera sido pisado por ninguna mujer. Ix Itzhá, como es la costumbre, ha teñido el agua con cacao.

Dejó los presentes a los pies del sacerdote y se volvió al grupo de niños que, desde el principio, habían observado un silencio sepulcral. Se acercó y, uno por uno, mojó sus caritas con aquella agua. Cuando acabó, las madres envolvieron a sus hijas con hermosos vestidos. ¡Ya eran mayores de edad! Se escuchó un grito agudo, las personas comenzaron a reír

y los tambores y flautas a sonar con alegría desbordante.

El Chilam demandó silencio.

—Ahora, los que sepáis bonitas historias, contadlas. Después daréis los regalos a los niños y niñas.

Todos asintieron con la cabeza y tomaron asiento en el suelo mirando a Ix Xuayabté, «La Soñadora», que enrojeció de satisfacción. Se atusó el cabello con las manos, después las juntó sobre el regazo y entornó los ojos. Mientras, su voz cascada por los años se elevó entre los presentes.

—«Hace muchos, muchos años, en una ciudad situada al sur vivía un hombre llamado Balam Quitzé, "El Tigre de la Dulce Sonrisa". Tenía muchas esposas, que le habían dado hermosas hijas y valientes hijos. Pero él quería especialmente a una, a la que llamaban Ix Zusubhá, "Remolino de Agua que da Vueltas". Era una niña encantadora y buena, pero tan traviesa, que tenía siempre a su alrededor a muchas personas para vigilarla; porque, como indicaba su nombre, no dejaba de moverse de un lado para otro poniéndose constantemente en peligro.

»Se subía a los árboles para atrapar nidos; bajaba a los acantilados que rodeaban el palacio de su padre; se bañaba en las tranquilas aguas de las acequias llenas de brillantes y peligrosos peces.

»Su madre estaba siempre angustiada, temiendo oír algún grito de advertencia de los servidores de palacio. Un día se subió, nadie supo cómo, a una de las hermosas crestarías que adornaban las recámaras del último piso. ¡Y desde allí cayó al jardín! Los servidores, horrorizados por tal hecho y temiendo del noble el más cruel de los castigos por haberla dejado realizar aquel capricho, corrieron hacia ella. Vieron con sorpresa que no le había sucedido nada, sólo un ligero rasguño del que manaba un hilillo de sangre, al lado de un chichón en la sien.

»A los alaridos de las criadas, la madre abandonó sus aposentos y se dirigió hacia el jardín, donde la niña se frotaba, dolorida, la cabeza. Se acercó a ella, le separó con las manos el tocado de flores silvestres amarillas y le dijo: "Mi precioso 'Remolino de Agua que da Vueltas', ¿te has hecho mucho daño?" La niña la miró como si fuera la primera vez que la veía y no dijo nada. Como consecuencia de aquel golpe, le dijeron los sabios chilanes que fueron llamados a palacio, había perdido el habla y la memoria. Su madre, desesperada, le gritó: "Preferiría que fueras un hermoso pájaro antes que verte en este estado". Y la abrazó llorando.

»Entonces ocurrió algo extraordinario, "Remolino de Agua que da Vueltas" empezó a girar sobre sí misma y se convirtió en un hermoso pájaro con un penacho amarillo, como el tocado de flores silvestres que llevaba, un pico negro y ganchudo, y una cabeza amarilla. Y elevó su vuelo perdiéndose detrás de los muros del palacio.

»Ese pájaro es el "cambul" que todos conocemos.»

Ix Xuayabté suspiró con fuerza después de haber acabado la historia y miró a todos los asistentes al Emkú. Nadie se atrevía a hablar; era la primera vez

que oían aquella bonita leyenda y estaban emocionados por el extraño final. Después, comenzaron a dar pequeños gritos de alegría y felicitaron a la narradora.

Zacboc se había quedado mudo de asombro, sin poder articular palabra. A su lado, Ah Cuy tenía enarcadas las cejas en un gesto de duda.

El Chilam felicitó a la anciana.

—Señora Xuayabté, es una bella historia que no había escuchado nunca. ¿Dónde la aprendiste?

—Soy ya muy vieja y los recuerdos se confunden en mi cabeza; no sé si la oí de labios de mis padres, o de los padres de mis padres —y sonrió con un guiño encantador.

—No importa, las leyendas más seductoras son las que se pierden en las brumas del tiempo y nadie sabe de dónde proceden. Siempre que vea un «cambul», me acordaré de ella; y pensaré en «Remolino de Agua que da Vueltas». Bien —se dirigió a los asistentes de la fiesta—, ahora podéis dar vuestros regalos a los participantes.

Se organizó un pequeño revuelo, los niños rodearon a sus padres. Como por encanto, aparecieron en sus manos los regalos celosamente guardados hasta aquel momento: cuchillos de pedernal, arcos y flechas, sandalias de cuero de venado y taparrabos bordados para los chicos; collares, aretes para las orejas, ajorcas y telares para las chicas.

Cuando empezaron las danzas, Zacboc se llevó a Ah Cuy hacia el interior de la casa. Hacía días que le había puesto al corriente de la conversación que había tenido con su madre, Ix Itzhá.

—¿Crees —le preguntó— que Ix Xuayabté sabe algo?

—No lo sé, esa anciana es un enigma. Ha sido muy extraño que contara una historia tan sugestiva y que haya sido tan oportuna. Pero lo más inaudito de lo que ha narrado es la explicación que dieron los chilanes, después de la caída de la niña... Ella no pudo haberlo inventado.

—¿Cómo puedes creerte que la niña se convirtiera en un «cambul»?

—No me refiero a eso. ¿Te acuerdas de la imagen de Ix Macachí cuando la encontramos?

—Sí, lo que nos llamó la atención a ti y a mí fue la herida que tenía en la sien, justamente en el mismo sitio y con las mismas características que la de «Remolino de Agua que da Vueltas». ¿Puede una herida así hacer perder la memoria y el habla? Yo creo que Ix Xuayabté, con su forma candorosa de narrar la historia, nos quería decir algo; que ha hablado para nosotros y que se ha inventado el relato. ¿No opinas tú lo mismo?

La llegada de Ah Acanceh, el padre de Zacboc, hizo que callaran repentinamente.

—¿Qué hacéis aquí los dos? Os estáis perdiendo lo más bonito de la fiesta. El ayudante del Chilam está contando graciosas anécdotas, ha debido de beber mucho balché porque está dando traspiés y eso hace reír más a los invitados. Espero que hayan disfrutado como lo estamos haciendo nosotros. Vamos, salid fuera, después tenemos que dejar arreglado el jardín porque mañana hay que madrugar mucho. Antes de partir hacia Chichén Itzá quiero salir a cazar para que tu madre tenga provisiones en casa.

Zacboc, que había iniciado la marcha hacia la salida, se volvió en redondo hacia su padre.

—¿Tú también vendrás?

—Claro, hijo, no pretenderás que os deje solos. Así pareceremos una familia. Y no te preocupes más, los problemas se van solucionando con el tiempo.

Después salió el primero dejando a los dos amigos con la boca abierta.

—¡Por todos los dioses! —replicó Ah Cuy—, ¿es que todos saben el secreto, o es que imaginamos siempre doble intención en lo que nos dicen?

—¿Cómo puedes creer que algo que sepa mi madre no lo va a saber al poco rato mi padre? Y lo sabrán tu padre..., y tu madre..., y la señora Zucilá..., y su hija Ix...

—¡Calla ya! A este paso llegará a oídos de los guerreros antes de que podamos salir de Tulúm. Y vendrán por ella, ya lo verás —dijo Ah Cuy apesadumbrado.

—Yo creo que no. Fíjate, todo el mundo lo sabe, pero nadie nos ha dicho nada abiertamente. Con sus indirectas nos dan a entender que Ix Macachí puede contar con su ayuda; pero nadie, con un exquisito tacto, nos ha hablado de lo que sucede. Cada día que pasa, y ahora me estoy dando cuenta, noto que a nuestro alrededor se cierra un círculo mágico, el del cariño. Y en él estamos todos: tus padres, los míos y mis hermanos, la gente que nos rodea... Somos..., como, como una gran familia, ¿no te parece?

Ah Cuy afirmó con la cabeza. Su amigo Zacboc había experimentado en poco tiempo un gran cambio, se había hecho más reflexivo; pensaba más en los demás y en sus sentimientos. Aquella fuerza de cohesión de la que estaba hablando, él la había intuido hacía tiempo; pero consideró innecesario comentarlo con él porque pensó que aún no podía entenderlo. Sin embargo, para su sorpresa, de la manera más natural y usando bellas palabras para explicarlo, era lo que había descubierto en aquellos momentos.

—También pienso yo lo mismo. Pero no nos entretengamos más, tu padre espera que le ayudemos a limpiar el jardín.

Cuando salieron, sólo quedaban en él los últimos rezagados, que comentaban el proceso de la ceremonia. Había anochecido; se estaba bien en el jardín oyendo, cercano a ellos, el concierto de los grillos. Mientras lo limpiaban, Zacboc comenzó a pensar en Ix Macachí y en lo bonito que hubiera sido que los hubiera acompañado en la fiesta. ¿Dónde habría sido el Emkú de la muchacha? ¿En una bella casa o en un hermoso palacio de varios pisos y altas cresterías rematando los tejados? ¿Tendría servidores o era ella la que servía? Ix Itzhá había hablado de sus manos, tersas y brillantes, de sus gestos de pequeña dama. ¿Por qué no la traían a su casa hasta que se marcharan a Chichén Itzá? Allí todos la atenderían, la colmarían de detalles, de afecto; y no tendría que vivir debajo de cuatro hojas de palmera. Aunque, por otra parte, se la veía feliz. Su carita, morena y dorada como un panal de abejas silvestres, había cambiado mucho desde que la encontraron. Ya no tenía aquella triste sonrisa, sus mejillas parecían dos rojas pulpas de mamey dulce, y sus manos..., ¡se habían estropeado! Pero no importaba. Cuando iban a verla, ordenaba con la mirada que le explicaran el nombre de las cosas y para qué servían; y afirmaba complacida con la cabeza. Sobre todo aquel día, no lo olvidaría nunca, cuando aparecieron con el chic, un animalillo muy parecido a los tejones, que se domesticaba y era tenido en casa como mascota. Lo llevaban entre los brazos. Ella había retrocedido asustada y se había tapado la cara con las manos a la vez que movía con energía la cabeza con signos negativos. Pero cuando vio que los dos amigos lo acariciaban con mimo se fijó en él. Y le hicieron gracia sus patitas cortas y su cuerpo largo y peludo con una cola anillada que mantenía en el aire. Pidió que se lo dejaran y cubrió de besos la naricilla flexible del animal. No se había separado de él desde aquel día. Zacboc no quiso decirle que era de Kanpepen y volvió preocupado a su casa. Sin embargo, su hermana no se enfadó, comprendió que así se sentiría más acompañada. «Déjalo —le había dicho—, pobre Ix Macachí, se debe de sentir muy sola.» Y no hizo más comentarios.

—Hijo... —Ix Itzhá estaba delante de él moviendo su brazo con dulzura—, ¿estás dormido? Ya se han marchado todos, y tu padre y Ah Cuy están terminando de limpiar el jardín.

Se restregó los ojos y miró alrededor. Efectivamente, el jardín había quedado solitario y él no había notado cuándo se fueron los invitados. Se levantó. Su padre y su amigo charlaban animadamente mientras sacaban fuera las hojas que habían servido para alfombrar el suelo. Se unió a ellos y entre los tres no tardaron en despejarlo.

—Ha sido una bonita fiesta, señor Acanceh —dijo Ah Cuy—, mañana vendré para acompañaros a ti y a Zacboc para ir de caza. Ahora estoy deseando llegar a casa y darme un buen baño. ¡Qué noche tan bonita! Y cuántas estrellas tiene el cielo, aunque mañana parece que lloverá, ¿no oís el croar de las ranas?

Zacboc pensó en Ix Macachí. Si llovía, ¿dónde se podría guarecer?

—¡Los dioses no lo permitan! —dijo, pero, ante la mirada burlona de su padre, dio otra intención a sus palabras—. Se nos aguaría la fiesta de la caza, y tendríamos que retrasar el viaje.

—Nunca mejor dicho, hijo, se nos «aguaría» la caza. ¿Verdad, Ah Cuy?

Los dos rieron al unísono, lo que hizo que el muchacho entrara enfadado en la casa.

*   *   *

Cuando se levantaron, Xu Ek, «La Estrella Avispa» (1), aparecía por Occidente. Su madre, hacía ya rato, tostaba las tortillas para el desayuno. El «cric, cric, cric», sonido que hacía la mano de piedra al moler el maíz, se oía saliendo de todas las casas de los alrededores. Ix Itzhá no levantó la cabeza de la labor que estaba realizando, aunque sintió la presencia de su ma-

_____

(1) Venus. Era llamada también, No Ek, «La Gran Estrella».

rido a su lado. Esperó, como era la costumbre, a que él hablara primero; mientras, con gran agilidad, amasaba y daba forma circular a las tortillas, después las ponía sobre el plato que reposaba apoyado en la lumbre, les daba la vuelta y las introducía en una media calabaza que tapaba con un lienzo para evitar que se enfriaran.

—Parece —dijo Ah Acanceh, sentándose a su lado— que por fin no lloverá.

—Eso parece —contestó ella. Después comenzó a hablar de las incidencias del día anterior.

Cuando Zacboc se unió a sus padres, se sentó a su lado y sujetó una tortilla, la enrolló para que le sirviera de cuchara y comió los frijoles de la olla, aderezados de chiles picantes.

Se oyeron pasos en el exterior y Ah Cuy penetró en la casa.

—Mucho has madrugado, muchacho —le dijo Ah Acanceh—, ¿crees que se van a llevar el campo y los venados? No te preocupes, estarán allí para cuando nosotros lleguemos. ¿Has desayunado? Itzhá, acércale unas tortillas.

—Gracias, pero ya he desayunado en casa. Mi padre se unirá a nosotros en la cacería. Me ha encargado que te lo diga.

—Entonces no hay tiempo que perder, tu padre se pone nervioso cuando alguien se entretiene. Acabamos en un momento.

—Yo ya he terminado, padre, iré preparando las armas.

Al poco rato apareció con ellas: los palos para hacer la ofrenda a los dioses, el mecapal, la bolsa de malla y la aljaba. Además del arco y las flechas y un cuchillo de obsidiana.

Salieron al jardín. No había clareado del todo pero bandas de luminoso color gris se habían situado por el Oriente, lo que indicaba que no tardaría mucho. Apretaron el paso y antes de introducirse en el camino, vieron que Ah Butsil, el padre de Cuy, llegaba a su encuentro. Sin hablar se situó a su lado y comenzaron a caminar juntos. Al llegar al árbol que indicaba que tenían que doblar hacia la izquierda, se pararon sorprendidos: un pequeño chic venía directamente hacia ellos, mientras que en el árbol se movían las ramas sin que brisa alguna justificara aquella agitación inesperada. Ah Butsil preparó su arco y las flechas con la celeridad del rayo. Pero Ah Cuy le gritó aterrado.

—¡No dispares, padre!

Día de caza

AH Balantum y Ah Batz permanecían de pie en el gran salón del palacio residencial del Batab de Tulúm, el señor «Tigre de la Noche».

Hacía poco tiempo que unos servidores habían entrado en la estancia donde permanecían amarrados, atados a un enorme tarugo de árbol con una cuerda de henequén, que sólo les permitía el movimiento en un círculo muy pequeño. Así habían pasado un largo mes, desesperándose unas veces y con la esperanza inundándoles el corazón otras. Si al señor «Tigre de la Noche» se le hubiera ocurrido la feliz idea de comentar aquello con Halach´Uinic, él habría comprendido de qué se trataba; y no tardarían en ser libres. Pero si, por el contrario, otros asuntos que él considerara más importantes se hubieran tratado en la entrevista, y no los hubiera mencionado, sabían que morirían de inanición. Porque, según las órdenes recibidas del Emperador, no debían hablar de aquello que en realidad estaban buscando.

Cuando aquella mañana oyeron un gran revuelo en el palacio, comprendieron que el Batab había vuel-

to. Hacia el mediodía, después de haber comido dos míseras tortillas cada uno, se presentó el carcelero y desató la cuerda de sus pies. Cuando los encerraron les dejaron sin las armas. Y, sin su ayuda, era impensable cortar la enorme cuerda perfectamente enrollada en varias vueltas.

Y ahora estaban allí, con los tobillos doloridos y entumecido todo el cuerpo por la falta de ejercicio. Ah Balantum, con el rostro ensombrecido por la preocupación, miraba hacia la puerta. ¿Qué les diría el Batab? ¿Por qué los había mandado llamar? ¿Y por qué, ¡por todos los dioses juntos!, les hacía esperar tanto? A no ser que quisiera ponerlos nerviosos para después interrogarlos con más facilidad, quebrantada su esperanza, y a continuación acabar con sus vidas.

No, no eran tan importantes como para que el señor «Tigre de la Noche» se tomara tantas molestias. Algo muy importante y grave tenía que haberle dicho el Emperador para que los hubiera liberado y mandado que se presentaran ante él.

Sus pensamientos se cortaron cuando oyó el sonido de lanzas que golpeaban el suelo detrás de la puerta. A continuación, la hoja se abrió y gritó uno de los guerreros.

—¡El Batab, señor «Tigre de la Noche», Gobernador de Tulúm!

Los dos amigos retrocedieron en señal de respeto e inclinaron tres veces sus torsos ante el noble, que se sentó en un trono de piedra labrada. Después llamó a una de las esclavas que lo acompañaban.

—Trae unos cuencos de balché; estos dos hombres estarán sedientos —dijo con voz meliflua.

Ah Batz enrojeció de satisfacción; pero a Balantum se le tensaron los músculos de la cara. ¿A qué estaba jugando el Gobernador? Él sabía muy bien que sólo se le ofrecía balché a los hombres honorables. A no ser que estuviera intentando adularlos para saber lo que le convenía.

—Bien —continuó—, he pensado poneros en libertad a los dos. La verdad es que no os quiero para nada aquí encerrados. Pero será con una condición...

«Viejo zorro —pensó Balantum—, te va a costar trabajo enterarte de lo que quieres saber.»

—... y es que me digáis la verdad.

—Te la hemos dicho repetidas veces, Batab.

—¡Pero yo no me creo «esa» verdad! —su voz ya no sonaba insinuante, la ira se había apoderado de él—. ¿Pensáis que me voy a creer que por una esclava se pueden pagar dos mil granos de cacao? ¿Sabéis, astutas serpientes de cascabel, lo que vale un esclavo? Sí, sí..., lo sabéis como yo: cien granos. O sea, que con dos mil, como estáis ofreciendo, tenéis para comprar veinte robustos esclavos. O doscientos conejos. ¡Lo suficiente como para dar de comer a todos los habitantes de Tulúm durante más de un mes! ¡Malditos ah chembal uinicoob! (1)

«Taimado jaguar —siguió pensando Balantum, sin levantar la mirada del suelo—, la ira te domina porque tienes que tener órdenes muy estrictas de ponernos en libertad; y antes, como una vieja deslen-

---

(1) Plebeyos, hombres de baja condición.

guada y curiosa, te mueres por saber lo que hay detrás de esto.»

El Batab sudaba copiosamente. Cuando la esclava acercó los cuencos de balché, le dio con furia un manotazo. Rodó por el suelo con la mirada aterrorizada. Ah Balantum, sintiendo una infinita ternura por la muchacha, desvió la atención del Gobernador hacia él.

—Batab —dijo con voz humilde, ahogando los deseos de abalanzarse sobre su tripa prominente—, nunca se nos hubiera ocurrido engañarte. Sabemos que llama la atención nuestro comportamiento; pero hemos sido autorizados por una señora de la nobleza de Tikal para ofrecer todo lo que esté en nuestras manos y encontrar a su esclava y las joyas. Pero también en tus manos está el consentirnos que continuemos haciendo indagaciones en la ciudad de Tulúm, que tan sabiamente gobiernas. Si es tu deseo, marcharemos de nuevo hacia Tikal y diremos a nuestra señora que han sido infructuosas nuestras pesquisas. Si, por el contrario, quieres que marchemos hacia el Oriente, allí dirigiremos nuestros pasos y elevaremos plegarias al Chac rojo que domina esas latitudes. Pero si tu deseo es que encaminemos nuestros pasos hacia el Poniente, donde el Ek negro domina...

—¡Calla! ¿Estás intentando confundirme? Y tú —se dirigió hacia Ah Batz—, ¿qué te sucede? ¿Has perdido el habla? ¿Quién me asegura que vuestros granos de cacao no están trucados? ¿Que no los habéis falsificado, sacando la pulpa e introduciendo dentro cera con tierra o cortezas de aguacate?

Ah Balantum no pudo evitar una sonrisa al oír el ingenuo argumento del Batab.

—¡Maldito plebeyo! ¿Te estás riendo de mí?

—Señor —Balantum intentó contenerse de nuevo—, mi sonrisa es de satisfacción al comprobar tu aguda inteligencia.

En aquellos momentos, la esclava acababa de recoger los trozos en que se habían convertido los cuencos de cerámica. Sobre el aguamiel derramada en el suelo habían acudido unas cuantas moscas que ella intentó ahuyentar nerviosamente con su falda.

—¡Sal de aquí, esclava inútil! Bien —se volvió hacia los dos guerreros—, para que veáis que soy condescendiente, os dejaré marchar. Si en los seis días que restan del mes no habéis tenido éxito en vuestras pesquisas, tenéis que abandonar Tulúm. No quiero en mi ciudad a gente que altere la paz y la tranquilidad que disfrutamos. El guerrero que está en la puerta os devolverá vuestras armas. ¡Desapareced!

Los dos hombres iniciaron la retirada hacia la puerta haciendo ostentosas reverencias que el Batab no advirtió porque, lleno de ira por haber herido su orgullo las órdenes de Halach Uinic, se había dado la vuelta.

Ah Balantum agradeció a los dioses desde el fondo de su alma que la pobre niña hubiera abandonado la estancia antes que ellos. Si no, hubiera sido el blanco de las iras del Batab.

Salieron al exterior y aspiraron profundamente el aire puro de la noche. Desde lejos les llegaba el sonido del batir suave de las olas contra los acantilados. No había amanecido aún, la gente todavía dormía en la ciudad. Sin ponerse de acuerdo, dirigieron sus pasos hacia la playa, se despojaron de sus ropas y se introdujeron en el agua. Su contacto estimulante, largo tiempo anhelado en los días de encierro, fue como un regalo para los sentidos. Nadaban con lentitud, sintiendo que sus músculos entumecidos volvían a recuperar la agilidad perdida; restaurando las fuerzas al notar la brisa refrescante en su cara. Y perdiendo la noción del tiempo.

Cuando recobraron la conciencia, el Sol estaba ya sobre sus cabezas, dorando las aguas y arrancando destellos de la rubia arena. Salieron y se vistieron con rapidez.

—Es inútil —comentó Ah Batz—, seis días son pocos, ¿no te parece?

—Pocos o muchos —contestó agriamente Balantum—, no nos daremos por vencidos. Si estás cansado, marcha tú solo hacia Chichén Itzá; puedes hablar con la señora «Dama Pluma de Quetzal» y decirle que vas a tranquilizarla. Yo me quedo.

Ah Batz notó en su voz una terquedad extraña.

—Balantum, hace poco que te conozco, sólo los meses que llevamos empeñados en esta búsqueda. Pero intuyo que hay algo que te atormenta.

—¿Qué estás diciendo, muchacho? —le cortó con sequedad.

—Hay algo, sí —continuó Batz sin aceptar la orden que tal pregunta llevaba implícita—. Noto que, cada vez que crees ver a una muchacha en peligro, tus ojos adquieren la fiereza del jaguar; y te tienes que contener para no abalanzarte al cuello de quien provoca tal situación. Cuando la esclava del Gobernador fue empujada por él, poco te faltó para no estrangularlo. Y tú no conoces de nada a esa joven.

—No —respondió abatido—, a ella no; pero sí conocía a mi pequeña.

Su voz se quebró un instante.

—¿Tu pequeña? —Ah Batz estaba asombrado.

—Bien —contestó—, ésa es una historia que a ti nada te interesa. Vamos, no podemos andar cotorreando todo el día. Y baja la voz cuando crucemos por aquel peñasco que hay a la izquierda del camino.

—¿Por qué?

Ah Batz intentó volverse, pero Balantum le sujetó enérgicamente el brazo, impidiéndole el movimiento.

—Desde que salimos de la residencia del Gobernador, nos están siguiendo. Los dos pobres hombres que nos espían deben de estar extenuados de llevar tantas horas sentados detrás de los matorrales. Ahora nos dirigiremos hacia la «Casa de los Viajeros» y recogeremos los dibujos. Los guardé debajo de unas piedras de la entrada cuando vi que se acercaban a detenernos. Afortunadamente no ha llovido.

Iniciaron el ascenso, la cuesta que subía hacia la ciudad les pareció interminable. Cuando llegaron, la casa estaba en el mismo orden que tenía al partir; y los dibujos, en el mismo sitio. De las paredes colgaban tiras de carne seca y los sacos de henequén continuaban llenos de maíz. Sobre unos soportes había frutas frescas recién cogidas que aún conservaban un delicioso olor. Batz se adelantó y cogió los dos palos especiales que había al lado del hogar. Los miró con detenimiento y puso en el suelo el de la madera más blanda, que tenía un agujero en el centro; con el otro, cuya punta estaba endurecida, empezó a frotar el primero. Al poco rato, un débil hilillo de humo, que sopló con fuerza, se convirtió en una hermosa llama que chisporroteaba alegremente. Lo acercó con cuidado al hogar que tenía algunas teas apiladas. El fuego prendió al instante y colocó sobre él un comal. Momentos después, el agradable olor de las tortillas se extendía por toda la estancia. Asaron carne y se dieron el más suntuoso banquete que habían recordado nunca.

Cuando acabaron, entraron en las habitaciones y se acostaron seguidos por la mirada airada de los hombres, quienes, maldiciendo su suerte, los vigilaban desde que salieron del palacio.

Durmieron hasta el día siguiente rendidos por el cansancio, recuperando las fuerzas después de tantos días de hacerlo en la postura incómoda que les permitía la cuerda.

*   *   *

Ah Butsil detuvo el movimiento de su arco y, asombrado, miró a su hijo, que corría en aquel momento hacia el árbol. Gritaba un nombre extraño para él y agitaba los brazos con energía.

—¡Macachí, tírate al suelo! ¡Macachí, tírate al suelo!

Zacboc salió corriendo detrás de él, también había observado el movimiento de las ramas; pero lo que le alertó fue ver al pequeño chic. La muchacha no se había vuelto a separar de él, luego, si estaba allí el animalillo, ella no podía andar lejos.

—¿Tú sabes lo que está pasando? —preguntó el padre de Ah Cuy—. De pronto estos dos muchachos se han vuelto locos. ¿Quién es Ix Macachí?

Acanceh sonrió.

—Es una larga historia —contestó.

—Pero tú la sabes —dijo Butsil resentido— y yo no me he enterado de nada. ¿Por qué no me la cuentas? Anda, siéntate y comienza a hablar, parece que nuestros hijos tardarán en volver. ¿No oyes cómo se alejan sus pasos hacia el palmeral?

—No, no nos sentemos, sigamos caminando, tenemos que llevar a las casas la carne necesaria. Por el camino te iré poniendo al corriente.

—¿Y si vuelven los muchachos?

—Ellos saben hacia dónde nos dirigimos; si vuelven, cosa que dudo mucho, se unirán a nosotros. Verás, hace poco tiempo...

Los dos iban caminando con rapidez; sólo de vez en cuando, un asombrado «¿cómo dices?», o «no lo puedo creer», cortaba momentáneamente la historia. Después, las risas de Ah Butsil resonaron en el silencio de la mañana.

—Con razón mi mujer comenzó a notar que le faltaban cosas, y hasta comida... Pobre chiquilla, de no haber sido por los reflejos de Ah Cuy la hubiera atravesado con una flecha.

Continuaron andando y comentando los incidentes. Al llegar a un claro se pararon; sacaron unos pequeños sahumadores de barro y unas bolitas de incienso de copal. Con los dos palos que llevaban hicieron un fuego y llenaron los sahumadores con las brasas; introdujeron las bolas de incienso y, cuando las negras y aromáticas volutas de humo se extendieron entre ellos, se sentaron sobre sus talones mirando hacia el Oriente y elevando sus plegarias a Ah Ceh, el Dios de los Cazadores.

—Oh, dios, Señor de las Montañas y de los Valles, sois poseedor de muchos animales: el faisán, el venado, el trogón... Mostrádmelos, tomadlos y colocádmelos en el camino.

Cuando acabaron, se pusieron en pie, recogieron los sahumadores e iniciaron la marcha hacia los árboles. Habían visto un ciervo cruzar con rapidez por entre ellos. Aprestaron sus arcos y se acercaron sigilosamente. El animal olfateó su presencia y levantó con elegancia la cabeza; pero, en el momento que iba a iniciar la carrera, doblado ya el cuerpo hacia la dirección que iba a tomar, dos certeras flechas se le clavaron en el corazón. Miró hacia los dos hombres que se acercaban y sus ojos se cerraron, a la vez que se doblaba sobre sí mismo y quedaba inerte a los pies de un oloroso nanche.

Los amigos elevaron sus ojos al cielo y dijeron al unísono.

—¡Otzilen! (1)

Se acercaron lentamente hacia el animal.

—Es lo suficientemente grande como para servirnos a los dos.

—Por supuesto que sí —contestó Acanceh—, no hay necesidad de seguir cazando; voy a apuntalarlo para quitarle la piel.

Después de pedirle al animal perdón por haberlo matado, sacó el cuchillo de obsidiana y, con el máximo cuidado, fue despellejándolo. Cuando llegó Butsil, entre los dos cortaron la carne en finas tiras que fueron amontonando sobre dos lienzos. Respetaron una de las patas traseras del animal para regalársela al sacerdote. Después ataron con bejucos los lienzos, con gran cuidado de que la carne fuera totalmente cubierta para evitar que el calor atrajera a los insectos. Cargaron con ellos e iniciaron el camino de vuelta doblados bajo el peso de la carne, mirando al suelo para evitar tropezarse con los matorrales. Al llegar al árbol donde se habían separado de los muchachos, se pararon para tomar aliento. Butsil se quejó del peso de la carga.

—Eso significa —contestó riendo Acanceh— que no sólo tendremos bastante para nosotros, sino que podremos repartirla entre los vecinos. Ha sido un buen día, afortunadamente. Me podré marchar tranquilo hacia Chichén Itzá. Por cierto, Ah Cuy, tu hijo, te va

_____

(1) «Oh, Dios, tenía necesidad.»

a pedir permiso para que le dejes venir con nosotros.

Ah Butsil miró asombrado a su amigo.

—¿Otra historia que no me has contado?

Los dos emprendieron con energía el camino hacia sus casas, con el pensamiento puesto en el refrescante baño que se darían cuando llegaran.

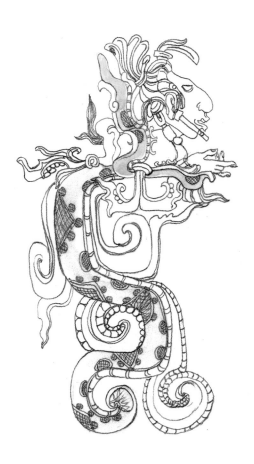

El libro de historia

X Macachí movía negativamente la cabeza. Los dos amigos llevaban mucho tiempo intentando convencerla, pero ella, obstinadamente, se resistía a lo que le estaban pidiendo.

—Voy a perder la paciencia, Macachí —Zacboc inició una nueva táctica—. De la misma manera que hoy casi te «cazan» nuestros padres, pueden sorprenderte los dos guerreros de los que te hemos hablado. ¡No seas cabezota! Ya te he dicho que mi madre está de acuerdo. No la obligues a bajar a pedírtelo ella misma, está muy atareada haciéndote un vestido nuevo para el viaje. Partiremos dentro de pocos días.

Ella se volvió a mirar su refugio: allí estaba el pequeño chic de Kanpepen. Se lo llevaría a la casa y se lo devolvería; aunque le costara, debía hacerlo. Le había servido de compañía. Con él en sus brazos había superado el miedo de las largas noches; pero no era justo que se quedara con él; tanto como lo quería ella debía de quererlo su amiga. Porque Kanpepen era su amiga, se lo había dicho muchas veces y ella había asentido, sonriendo, con la cabeza; y se había señalado el corazón para hacerle comprender que también compartía aquel cariño. ¿Qué más llevaría? Zacboc, interpretando sus pensamientos, le dijo impaciente.

—Puedes llevártelo todo a nuestra casa. Tenemos un bonito jardín y un hermano pequeño. Es muy simpático. Con una carita de pan de maíz así de redonda —hacía gestos exagerados con las manos apoyadas en las mandíbulas—, aunque tendrás que tener cuidado, está practicando con sus pequeños dientes y, si lo enfadas, te morderá.

Al ver que dudaba un momento, tiró de ella.

—Vamos, no nos entretengamos más. Tengo el estómago vacío.

Ix Macachí sonrió un momento, entró en el cubículo y sacó sus pertenencias. En sus brazos llevaba al pequeño chic.

—¡Por el dios Itzamná, lo que te ha costado decidirte!

Cuy miraba divertido la escena. Había dejado que su amigo llevara todo el peso de intentar convencerla. Y los miraba con cierta envidia porque, aunque su madre estaba enterada de todo, no se atrevía a decírselo a su padre. Por otra parte, en su casa hubiera estado más cómoda; no había tantas personas viviendo en ella como en la de Zacboc. Y también «Manantial de Agua Salada» tenía un bonito jardín con plantas de todas clases que regaba cuando caía la tarde. El olor de las flores impregnaba los alrededores y hacía que se gozara de una paz y una felicidad inigualables. Al anochecer, cuando después de cenar se bañaban, se sentaban los tres y comentaban las incidencias del día. Por eso no había pensado aún marcharse a la casa comunal, donde vivían los jóvenes de su edad hasta que les llegaba el momento de casarse. Se sentía muy cómodo con sus padres.

Abandonó sus pensamientos para ayudar a Macachí a subir la cuesta, que llegaba desde el palmeral hasta el camino. Zacboc le había quitado el peso que llevaba y él la sujetaba por un brazo. Ella se desprendió, iniciando la subida a grandes zancadas, mirando hacia atrás con desafío.

—¡Qué genio tiene! —comentó Zacboc mientras seguía a Ah Cuy por la vereda—. Parece un cachorro de jaguar.

Llegaron al árbol situado en el esquinazo y la muchacha lo señaló con la mano.

—Ya —dijo Ah Cuy, hablando por ella—, ahí fue donde te vimos por primera vez. Menudo susto nos diste.

Ella le animó a seguir hablando, con un enarcamiento de cejas.

—Al principio creímos que se trataba de algún jaguar que, hambriento, hubiera bajado de las montañas. Afortunadamente no fue así.

Macachí se paró en seco y señaló hacia el camino en un gesto de esconderse detrás de Zacboc. Ellos miraron al fondo: vieron a dos hombres cargados con un bulto cada uno.

—Nuestros padres vienen de cazar. Pues sí que es mala suerte, ¿qué hacemos ahora? —comentó Ah Cuy.

—Llamarlos, ¿qué vamos a hacer? ¿Crees que mi padre no le habrá contado al tuyo lo que me pasa? Pero, ¿por qué tienes miedo?

—No es eso exactamente, sino que pienso que se sentirá dolido por no haber sido yo el primero en hablar con él.

—Tampoco lo hice yo con el mío, ellos lo supieron sin que nosotros rompiéramos nuestra promesa de mantenerlo en secreto. Apretemos el paso, quiero darles alcance antes de llegar a casa.

Ix Macachí respiró con fuerza e intentó tranquilizarse. ¿Cómo serían los padres de sus amigos? Los veía caminando, vencidos por el peso de grandes fardos. ¿Cómo la acogerían? Aunque sabía que Ah Acanceh aprobaba lo que hacían su mujer y sus hijos con respecto a ella, no sabía cómo iban a reaccionar el padre de Ah Cuy y su mujer. Pero no debía preocuparse, la querrían igual que todos los vecinos, se lo había dicho Ix Itzhá. Porque sufriría mucho si, precisamente los padres de sus amigos, no la hubieran aceptado.

Sin embargo, había un gran peligro: los guerreros que la estaban buscando. ¿Qué querrían de ella? Itzhá le había dicho que no la conocían. Entonces, ¿por qué la buscaban? Ella sabía que no había robado el collar ni los pendientes; y lo sabía porque el peso de las joyas le era muy familiar, desde hacía mucho tiempo, en su garganta y en sus orejas. Era lo único que recordaba: haberlos llevado puestos mucho,

mucho tiempo. Y eso no podía explicárselo a nadie porque desconocía los gestos con que comunicarlo a los demás. Eso, y el que cuando veía flores recordaba, inmersos en una gran neblina, unos hermosos jardines por los que ella corría y unas grandes acequias con bellos peces de colores. Y alguien siempre a su lado. Pero, cuando intentaba rememorar la cara de ese «alguien», se desesperaba porque no le podía dar forma ni evocar su nombre. ¿Sería la casa de la noble señora a quien, según los guerreros, le había robado el collar y los pendientes?

*   *   *

«Ciruela de Agua» miró con orgullo a la señora Kukum: le había puesto un traje rojo bordado en jade, el que a ella más le gustaba, y había dejado sueltos sus cabellos, entre los que había prendido diminutas margaritas blancas. No había querido joyas y había maquillado su tez morena con suaves colores.

Aquella mañana su señora se había levantado con una alegría especial sin saber ella misma cuál era la causa.

—Hoy desayunarás, ¿verdad? —le dijo—. Hazlo por tu vieja esclava porque, si no, moriremos las dos de hambre.

—Tonta «Ciruela de Agua». ¿Qué es eso de que «moriremos»? —contestó sonriendo.

—Yo no pruebo ningún alimento si tú no lo haces, señora Kukum. Y me estoy quedando tan delgada que he tenido que confeccionarme nuevos vestidos. Eso y el hambre que paso cuando tú no comes. Hoy te he hecho unas tortillas; aún están calentitas metidas en la calabaza.

—¿Por qué te encargas tú de la comida? No es cosa tuya, te lo he dicho muchas veces.

—Lo sé, pero yo las hago de una manera especial, como a ti te gustan. No me importaría siquiera tener que ir a cazar, como hacen los hombres, con tal de que te alimentaras.

La miró compasivamente. «Ciruela de Agua» era para ella más que una simple esclava; pendiente siempre de sus más mínimos gestos; velando en la cabecera de su cama sus noches de fiebre y desesperación; consolándola con la mirada; sin atreverse a hablar ni a interrumpir sus pensamientos, pero adivinándolos y poniendo en su mano lo que ella deseaba en aquellos momentos. Y sintiéndose culpable, pobrecilla, porque tenía a su lado a Ix Chacnicté, su hija, cuando la pequeña Ix Chuntunah no estaba ya a su lado. Y todo con aquella mirada tímida de animal fiel, pero que podía volverse fiera cuando intuía que algo o alguien podía molestarla.

Le sonrió y sujetó sus manos con ternura.

—De acuerdo, de acuerdo. Desayunaré hoy, pero sólo porque tú has cocinado para mí.

¿Podía caber más felicidad? «Ciruela de Agua» se hinchó como un pavo real cuando extiende en forma de abanico su bella y multicolor cola; se levantó de un ágil salto y salió de la estancia. Al poco rato volvía con una bandeja de alimentos tapada con un lienzo blanco bordado con lirios acuáticos.

Ix Kukum miró horrorizada la bandeja.

—¿No pretenderás...? —y sintió que el estómago le daba vueltas sólo con adivinar el contenido.

—No, no. Te traigo varias cosas para que tú elijas. Hoy, antes de que la «Estrella Avispa» se avistara por el Occidente, ya estaba yo inventándome ricas viandas y frutas para traerte. Mira, acércate, y no comas lo que no quieras, ¿eh? Sólo dime: esto quiero y esto no quiero. Y yo te daré lo que más te guste y me llevaré lo que te disguste.

Hablaba y hablaba... No quería que Ix Kukum se arrepintiera.

—Verás, ¿ves lo que hago? Yo cierro los ojos y tú, cuando tengas en tus manos lo elegido, me dices: «Tonta "Ciruela de Agua", ya he tomado lo más exquisito», ¿eh? ¿Los cierro ya? Déjame, déjame, antes voy a retirar el lienzo, ¿estás ya preparada?

Las lágrimas acudieron a los ojos de Ix Kukum. Era la misma táctica que había seguido con Ix Chuntunah cuando, caprichosa, dados sus pocos años, la niña separaba de sí los alimentos.

«Ciruela de Agua» adivinó la escena y se dio cuenta demasiado tarde de que aquello le recordaría a su hija. Y también rodaron las lágrimas por sus mejillas. Pero ella se había sobrepuesto y estaba ya señalando la bandeja.

—¿Qué es esto?

—Es un cuenco con pozol; al lado hay tortillas, ¿ves qué pequeñitas las he hecho? Mira, abre tu mano, caben en ella; éstos son pastelitos de venado; estos otros, de pavo, y he puesto alrededor de ellos rodajitas de aguacate y mamey dulce. Aquí hay trocitos de papaya. Aquí, naranjas y plátanos... Y dentro de esta calabaza pequeñita te he puesto un trozo de panal silvestre. Pero tú toma sólo lo que quieras.

Respiró con fuerza y eligió. Al cabo de un rato comía de todo un poco para no decepcionar a la pobre mujer. Ella continuaba de pie con la bandeja entre las manos, feliz como hacía mucho tiempo no lo era.

Ix Kukum la hizo sentarse a su lado.

—Ahora tú.

Abrió los ojos, asombrada, pronta a desmayarse por la emoción.

—¿Yo? —dijo con la voz quebrada.

—¡Claro, tonta «Ciruela de Agua»! ¿No me has dicho que vas a morirte de hambre?

—Me estás gastando una broma...

—¿Tengo cara de estar bromeando? Desde hoy comerás a mi lado. Y no se te ocurra engañarme y decirme que ya lo has hecho, porque reventarás en caso contrario. ¡Empieza!

—No puedo, tengo un nudo en la garganta.

—Pues te tragarás también el nudo. ¡Empieza he dicho! De todo lo que me has hecho comer a mí.

Desde la puerta, Ix Chacnicté miraba alternativamente a las dos mujeres. Había llegado hacía unos instantes y observaba asombrada la escena. ¿Qué estaba pasando? ¿No le había gustado la comida a Ix

Kukum? ¿Castigaría después a su madre? Las piernas no la sujetaban y afianzó sus manos en el labrado dintel.

—Chacnicté, pasa, pasa. Así acompañarás a tu madre en el desayuno. Come tú también con ella.

Miró a «Ciruela de Agua» a la cara, su expresión no era de miedo, envolvía a la señora Kukum con la más dulce y tierna mirada que ella hubiera visto nunca.

—¡Daos prisa las dos! Quiero bajar a las clases del profesor y tenéis que acompañarme. Hoy va a hablarnos de historia. Pero antes quiero recoger un libro que tengo encargado hace ya muchos días.

Las dos mujeres hacían titánicos esfuerzos por tragar los exquisitos alimentos de la bandeja, puestas de pie una enfrente de la otra y observando los movimientos de Ix Kukum para no darle la espalda en ningún momento.

—Me estáis mareando. Comed con tranquilidad, parecéis dos nerviosos felinos vigilando la presa.

Cuando terminaron, dejaron la bandeja y acompañaron a la señora, con el corazón lleno de alegría, sintiendo en su pecho como miles de cascabelitos de plata resonando juntos. Ix Chacnicté, intrigada todavía por el comportamiento de «Dama Pluma de Quetzal». Después de atravesar los jardines, llegaron a un gran patio donde unos hombres trabajaban afanosamente.

Ix Kukum se dirigió hacia el dibujante que estaba en cuclillas y pintaba sobre una de las caras de papel, apoyada sobre una piedra rectangular labrada con un jaguar. A ambos lados caían el resto de las hojas dobladas como un biombo. Estaba abstraído, cambiando de pincel, que mojaba sobre cuencos que contenían las pinturas de distintos colores. Detrás de él, un hombre machacaba con un mazo de madera una hoja reblandecida de huun sobre el tronco de un árbol. A su izquierda tenía colgadas varias más, que se secaban sobre un palo horizontal sujeto por otros dos verticales acabados en una horquilla. Más alejado, otro hombre doblaba una tira ya seca, hacía los dobleces idénticos y los colocaba al lado del pintor. Los dos, desnudos de todo ornamento, aparecían sólo con un taparrabo. El pintor, al contrario, lucía un collar de gruesas bolas de jade con dos vueltas y pendientes de conchas marinas. En la cabeza llevaba un tocado de algodón de colores rojo, azul y blanco; un calzón hacía juego con él. Y en el brazo izquierdo, seis pulseras de oro sin labrar.

Aunque había oído los pasos, no levantó la cabeza de la labor. Dibujaba con gran seguridad y rapidez sobre la delgada hoja, la última página de un libro.

Ix Kukum cruzó los brazos y en tono burlón se dirigió hacia él.

—Sé que me has oído llegar y me has mirado con el rabillo del ojo, señor Cumatz. Pero sigues siendo tan astuto como tu nombre indica: «Culebra». ¿No me dijiste que hoy tendrías acabado mi libro?

Ah Cumatz levantó la vista hacia ella, dejó los pinceles y se puso lentamente en pie.

—Y he cumplido mi palabra, señora Kukum. «Hoy» está terminado. Porque aún reposa el Sol sobre nuestras cabezas, todavía nos calienta, no se ha retirado a descansar a sus dominios. Ya lo tienes en tus manos —se agachó y se lo entregó con reverencia—, pero ten cuidado, la pintura no se ha secado todavía.

—¿Aquí está toda la historia escrita de Chichén Itzá? ¿Toda la historia? —lo acariciaba con deleite, temiendo que algún dibujo se deshiciera al contacto con sus manos.

—Ahí está parte de la historia de nuestro pueblo. Ven, siéntate a mi lado, te explicaré algunas cosas...

Abrió el libro y comenzó a hablar. Los ojos de Ix Kukum, siempre expresivos, se abrían por el asombro o se cerraban por la emoción según fuera el pasaje que el dibujante le iba explicando. Cuando acabó, se pasó el dorso de la mano por el rostro fatigado. Después se levantó.

—Te recompensaré, señor Cumatz.

—No, señora Kukum, para un viejo sacerdote-dibujante no hay mejor recompensa que los dioses le hayan permitido ver algo tan singular.

—¿A qué te refieres?

—A que una mujer sea capaz de aprender lo que tú sabes. Pero ten cuidado, señora Kukum, tanto más se sabe cuanto se aparenta no saber nada. No despiertes las iras del Gran Sacerdote, el Ahau Kan Mai.

Kukum ignoró la advertencia dicha con sinceridad. Ah Cumatz, como todos los que la querían, se preocupaba por su seguridad.

—Quiero —le dijo— que me hagas otro libro que empiece donde éste ha terminado. No te fijaré ninguna fecha, ya sé que tienes que hacer otros encargos para el Halach Uinic.

—Siempre quedará algún rato en el que me pueda ocupar de ello. Comenzaré con él tan pronto como me sea posible.

Las tres mujeres se dieron la vuelta, se había hecho muy tarde y ya estaría el profesor explicando a sus alumnos. Al llegar al sauce, «Ciruela de Agua» y Chacnicté ocuparon su asiento detrás de la rocalla; ella se introdujo debajo del árbol, haciendo crujir las hojas secas bajo sus pies. La clase había comenzado hacía rato, abrió el libro y siguió con sus dedos la historia. Notó que el anciano maestro se había saltado un pasaje muy importante de ella; pero no habló. Cuando levantó la vista entre las ramas del sauce, vio que el Gran Sacerdote miraba entre los alumnos buscando algo. O a alguien...

12

Las dudas
de Ah Balantum

ACBOC sujetó a su padre por un brazo y se colocó de espaldas hacia donde aparecían en aquel momento los guerreros.

—Padre...

—Date la vuelta, hijo, y camina con naturalidad hacia ellos. Si preguntan, yo contestaré. Y tú, Macachí, si se dirigen hacia ti dales la espalda y encógete de hombros ante cualquier pregunta; yo daré también las explicaciones. Sobre todo no os pongáis nerviosos y continuad la marcha. Sigamos juntos, Butsil, no os separéis ahora de nosotros.

Ah Batz y Ah Balantum no se dieron cuenta de que alguien venía en sentido contrario hasta que no estuvieron a su altura. Se pararon sorprendidos al ver a los dos muchachos. Balantum se adelantó.

—¿No sois vosotros los que vimos en Tulúm?

Acanceh dejó su carga en el suelo y contestó con tranquilidad.

—Ellos son.

—¿Y tú quién eres? —volvió a preguntar Balantum.

—Soy el padre de uno de ellos —señaló a Zacboc, que no se atrevía a levantar la vista del suelo.

—¿Y esta muchacha?

—Es mi hija, Ix Macachí —dijo, mientras ella se daba la vuelta y miraba pudorosa hacia el suelo.

—¿Ix Macachí? ¿Por qué lleva ese nombre? ¿Y por qué se ha dado la vuelta cuando me he dirigido a ella?

—Señor —contestó de nuevo Ah Acanceh—, las muchachas campesinas, cuando les habla algún desconocido, así lo hacen. Es la costumbre que se les enseña desde que son pequeñas. Hija, date la vuelta, yo estoy contigo y no tienes nada que temer. Le pusimos Macachí, «Labios Sellados», porque no la hemos oído hablar ni una palabra nunca.

Ah Batz miró sus manos, ásperas y descuidadas, y sus pies descalzos. Después dirigió su vista a la cara curtida por el sol. No, no podía ser la hija del Halach Uinic. Esta muchacha era una campesina acostumbrada al duro trabajo y a las largas caminatas; y olía a campo desde la distancia de un tiro de piedra. Olor que se acentuaba por el chic que llevaba entre sus brazos como un tesoro.

A lo lejos comenzaron a oírse voces. Ix Itzhá se acercaba a gran velocidad corriendo hacia ellos. Cuando llegó, se dirigió a Acanceh.

—¿Cómo has podido llevarte a Ix Macachí para que os ayude en la caza? Sabes que me disgusta enormemente que se separe de mi lado; si algún animal la atacara estando lejos de vosotros, no tendría defensa al no poder hablar ni gritar para llamaros. La he estado buscando por los alrededores toda la mañana.

Se acercó a ella y la abrazó con cariño.

—Vamos, hija, volvamos a casa.

La muchacha asintió con la cabeza y comenzaron a alejarse del grupo. Ah Balantum les gritó.

—¡Esperad un momento! ¿Habéis visto estas joyas en alguna parte?

Les enseñó el papel donde estaban dibujadas. Itzhá movió la cabeza negativamente, igual que Macachí.

—Señor —hablaba con serenidad—, antes, cuando has estado preguntando por todas las casas, te he dicho que no las había visto nunca.

—¿Y tú? —puso el papel delante de los ojos de la muchacha, que volvió a negar enérgicamente.

—¿Tampoco habéis visto por los alrededores a alguna muchacha desconocida, como de la edad de tu hija?

—También te contesté a eso, señor. No hemos visto a nadie desconocido.

—Ya sabéis —siguió el guerrero— que es una esclava ladrona que ha robado esas joyas. Y que ofrecemos por ella dos mil granos de cacao a quien nos la entregue. Eso bastaría para hacer rico a un hombre...

Ix Macachí comenzó a temblar. Itzhá la sujetó con fuerza.

—Con tu permiso, señor, nos vamos hacia la casa. Como observaste, tengo un niño pequeño que necesita mis cuidados. Y Macachí debe reponer fuerzas, está agotada por la larga caminata de la caza.

Balantum afirmó con la cabeza, pero con un sentimiento extraño en su interior. Había visto palidecer a la muchacha cuando se enteró de la recompensa que ofrecían. Además, en el momento en que comenzó a temblar, la mujer la había sujetado con energía. Y aquella carita curtida por el sol tenía un extraño parecido con la de la señora Kukum: sus mismos ojos, grandes y almendrados, sombreados por espesas pestañas; y el mismo rictus en sus carnosos labios. Al fin, ¿qué importancia tenían aquellas manos estropeadas o aquellos pies hinchados? Cuatro meses pueden acabar con la belleza de una piel tersa; y la falta de sandalias pueden estropear unos pequeños y delicados pies.

Pero no debía mostrar sus emociones. No hasta que no estuviera seguro de algunas cosas. Había notado que la mujer que llamaban Ix Itzhá era tan hermosa como inteligente; y tan astuta como un jaguar. Tenía grandes reflejos y actuaba de una manera tan natural que podía engañar a cualquiera; no pareció alterarse con nada la primera vez que habló con ella. Por eso le llamó la atención, y le recordó en aquellos momentos a los actores que trabajaban en las fiestas delante del templo de Venus, el fingido enfado con su marido por haberse llevado a la muchacha a cazar. Por ello, volvió a afirmar con naturalidad.

—Claro, podéis marcharos. Nosotros debemos continuar nuestra búsqueda. ¿Vive alguien más allá de este camino?

Ah Butsil levantó la mano mientras Itzhá se alejaba con la muchacha.

—Mi mujer, «Manantial de Agua Salada», mi hijo Ah Cuy, éste que veis aquí y Ah Butsil, yo mismo. No somos más de familia. Nos trasladamos de casa hace poco, al morir el abuelo. Más allá no vive nadie; abajo está el palmeral.

—Bien —contestó Balantum—, paramos en la «Casa de los Viajeros». Estaremos allí unos cuantos días más, tal vez un mes. Si os enteráis de algo os recomiendo que nos pongáis al corriente. Vamos, Batz, está visto que no tendremos suerte en Tulúm ni en sus alrededores.

Ah Batz no había pronunciado ni una sola palabra, pero su cara, desde que Balantum había comenzado a hablar, reflejaba todo el asombro que sentía. Comenzaron a andar juntos hacia donde había dicho Ah Butsil que se encontraba el palmeral

—¿Dónde vamos? —preguntó.

—A separarnos todo lo que podamos de ellos para darles confianza.

—¿Cómo has podido decir esa sarta de mentiras? ¿No te das cuenta de que esa muchacha es una simple campesina? Además es muda.

Balantum se paró delante de él.

—¿No te ha llamado nada la atención?

—¿Como qué?

—Los dos muchachos no sabían adónde mirar y, sin darse cuenta, tapaban a la muchacha con sus cuerpos para protegerla. El padre de Zacboc, el que se declaró padre de Ix Macachí, contestaba como si tuviera preparado de antemano lo que debía decir. Con respecto a lo que has comentado de que la muchacha es muda, al preguntarle al padre dijo exactamente: «no la hemos oído hablar nunca». Cuando lo más normal es que hubiera contestado: «no habla desde que ha nacido». Y la niña se comportó de manera muy extraña cuando oyó la recompensa que ofrecíamos. Puede que esté aleccionada con respecto a las joyas, pero que al no haber oído hablar de la recompensa le haya cogido de improviso. Se puso muy nerviosa, comenzó a temblar y palideció.

Ah Batz lo miraba con asombro.

—¿Y todo eso —le preguntó— lo has observado en los pocos instantes que hemos estado con ellos?

—Hay más: con lo presumidas que son las muchachas a su edad, ella llevaba un vestido que le sobraba por todas partes. No calzaba sandalias, cuando la que dice ser su madre sí las llevaba. Y ningún adorno en su pelo ni en sus orejas. Como si ni a sus padres ni a ella les importara la manera que fuera vestida. O, peor aún, como si hubiera estado escondida en algún lugar apartado y no necesitara de esas cosas.

—Eres la persona más sorprendente que he conocido nunca. Bueno, si estás tan seguro, ¿por qué no nos la llevamos a Chichén Itzá?

—Porque hay cosas que todavía no comprendo. Ella parece estar muy a gusto entre estas gentes. Ix Itzhá la abrazó amorosamente y ella se refugió en sus brazos con un cariño que no podía disimular. ¿Por qué está con ellos? Y, ¿por qué no habla? ¿Por qué una hija del Halach Uinic, con lo feliz que debía de ser en palacio y con una madre que la adoraba, está voluntariamente con unos campesinos con los que seguramente pasa necesidades? O, por lo menos, no goza de la vida fastuosa de palacio a la que está acostumbrada. No puedo entenderlo, no encaja.

—Porque no será Ix Chuntunah —dijo Ah Batz muy convencido—. Y, ¿qué es eso de que vamos a quedarnos un mes? El señor «Tigre de la Noche», el Gobernador, nos ha dado de plazo seis días para abandonar Tulúm. Y nos quedan cuatro.

—Pero ellos no lo saben. De esta manera, diciéndoles que estaremos un mes aquí, les damos a entender que aún no hemos encontrado lo que estamos buscando. Se confiarán y harán algo que nos pueda dar una pista.

Habían llegado hasta la cuesta que bajaba hacia el palmeral. Balantum hizo ademán de emprender la marcha hasta él.

—¡Vamos, hombre, no pretenderás que bajemos hacia allí! ¿Qué esperas encontrar?

—Tienes razón, dejémoslo para otro día o para otro momento en que haga menos calor, después habría que subir la cuesta. Volvamos, por hoy ya tenemos bastante.

Caminaron durante muchas horas; a la caída del crepúsculo volvieron a la «Casa de los Viajeros», cenaron y se sentaron a la puerta.

Era una preciosa noche con el cielo lleno de puntitos brillantes. Hasta ellos llegaba el concierto de los grillos que se diseminaban entre el suelo seco cubierto de enredaderas. Balantum, acostumbrado a distinguir los distintos ruidos que se producían en el campo, enderezó su cuerpo y escudriñó en la oscuridad con mirada penetrante: un pequeño agutí, el roedor más triste de la selva, cruzaba delante de ellos tal vez abandonando su cueva para buscar alimento. Era uno de los bocados preferidos dada la finura de su carne, pero no se levantó para cazarlo. Reclinó la espalda sobre la pared y observó una gran estrella que parpadeaba.

Su pensamiento voló años atrás y, en un susurro, pronunció un nombre adorado: Ix Ikoki, «Estrella del Atardecer». Cerró con fuerza los puños y los ojos para no recordar más, no quería pensar en ello. Los dioses lo habían querido así y él no tenía más remedio que aceptarlo, porque la paciencia y la resistencia al sufrimiento eran las metas que había logrado conquistar a lo largo de su vida, después de la tragedia. Pero, siempre que contemplaba aquella estrella, clavada en el mismo sitio, inalterable y hermosa, recordaba...

... Todavía tenía clavados en las sienes los gritos aterradores de Ix Ikoki, su hija, en el fondo del pozo; y el chapoteo de sus pies sobre la honda superficie. Y la veía sobre el brocal, etérea, pintadas las sonrosadas mejillas y con un tocado de flores sobre la larga melena. Antes de ser empujada había observado a todos con aquella mirada llena de ternura y esperanza, como diciendo: «Valor, yo hablaré con los dioses, ellos me dirán por qué no llueve; y volveré pronto a este brocal elevada por las manos de Ixchel, la Diosa de la Luna, que me protegerá con sus brazos amorosos». Después fue empujada violentamente, las flores que llevaba sobre sus cabellos se habían desprendido y habían tapado piadosamente sus ojos; el vestido flotó durante unos instantes al viento y su cuerpo se curvó hacia delante, mientras sus brazos batían desesperadamente en el aire y desaparecía en el negro vacío del pozo...

No había vuelto..., no había vuelto... Y él había llorado durante mucho tiempo por aquellos ojos límpidos, sin miedo; y por aquella figurilla, todavía una adolescente, que, como muchas otras de años anteriores, había perdido su vida en el Gran Cenote para implorar los favores del Dios de la Lluvia.

Ahora estaba allí, sufriendo en su propia carne el dolor de Ix Kukum. Tenían que encontrar a aquella niña, tenían que encontrarla antes de que ningún sacerdote pusiera los ojos en su belleza e intentara ofrecerla en algún sacrificio. Aquella campesina, fuera o no Ix Chuntunah, era la víctima idónea dado su defecto físico.

* * *

La llegada de Ix Itzhá a su casa supuso un acontecimiento entre todos los vecinos. Hacía rato que la esperaban, alertados por las pesquisas de los dos guerreros. Algunos habían llevado comida; otros, pequeños ramilletes de flores para darle la bienvenida.

Al verlas, la regordeta Zucilá se adelantó hacia ellas.

—¿Ha salido todo bien? —después miró a Ix Maca-

chí—. Tenías razón, es la jovencita más bella que existe —y la abrazó, cariñosa.

Al poco rato se marcharon las visitas y llegaron Zacboc y Acanceh. Itzhá preparaba afanosamente la comida, mientras que Kanpepen y Macachí jugaban en el jardín con el niño.

—El peligro ha pasado —dijo Zacboc.

Itzhá, sin dejar de redondear las tortillas sobre una hoja de plátano, contestó sombríamente.

—El peligro «ha empezado», hijo.

—Pero se han marchado convencidos, madre.

Los dos la habían mirado con sorpresa.

—Se han marchado, pero no convencidos. Cuando el mayor de los dos guerreros, un viejo y taimado zorro, hablaba, el menor lo miraba con los ojos abiertos por el asombro. Mentía, podéis estar seguros. El temblor de Macachí y su palidez al oír nombrar la recompensa debieron de ponerle en guardia. Inexplicablemente lo dio todo por bueno, pero observó de manera inquisitiva sus manos y sus pies; después miró mis sandalias con sorpresa, los adornos de mi cabello y el vestido de la niña. Tal vez pensó que era muy extraño el que yo apareciera limpia y arreglada mientras ella parecía un animalillo salvaje. Tenemos que apresurarnos. Acanceh, ¿cuántos días necesitarás para tenerlo todo arreglado e iniciar la marcha hacia Chichén Itzá? Debemos alejarla de aquí lo más rápidamente posible.

—Tengo que recoger el maíz, marcar las nuevas parcelas y preparar la carne.

—¿Cuántos días?

—Cuatro.

—Bien. Entretanto os llevaréis a Macachí y Kanpepen a los maizales para que os ayuden. Tenemos que dar la sensación de que la vida transcurre con la normalidad de siempre. Y, de paso, la mantendremos alejada de aquí. Yo acabaré su vestido.

—Pero, ¿ella estará acostumbrada a trabajar? —preguntó Zacboc.

—A todo se acostumbra uno, hijo. Y a trabajar, como a todo, se aprende trabajando. Ya están las tortillas y es la hora de comer. Avisad a las muchachas. Mientras cenamos trazaremos el plan a seguir. Ah, Zacboc, en tus ratos libres confecciona unas sandalias para Macachí, no puede recorrer tanto camino descalza.

Mientras comían, comentaron con la muchacha el descubrimiento que había hecho Itzhá. Ella afirmaba con la cabeza, pero su carita de pena les indicó que lo que iban a hacer no le agradaba. ¡Era tan feliz en aquella casa...!

*   *   *

Ix Kukum, sentada entre los arrayanes de la acequia, dio un salto felino y se puso de pie a la vez que sujetaba con fuerza a su esclava y la zarandeaba nerviosamente.

—¿Qué has dicho? Repite lo que has dicho.

La pobre mujer se espantó ante aquella reacción y cayó de rodillas suplicante.

—Perdóname, señora Kukum, no ha sido mi intención hacerte sufrir, ¡perdóname!

—Tonta «Ciruela de Agua», tonta, tonta, tonta —no la había soltado y la seguía zarandeando excitada—. Repítelo, repítelo.

—Pues, cuando te vi...

—No, no es eso; lo que me has dicho del libro. Repítelo antes de que se te olvide, rápido.

Halach Uinic miraba la escena desde sus aposentos sin dar crédito a lo que veían sus ojos. Era la primera vez que Ix Kukum se comportaba de aquella manera tan extraña con su esclava. Siguió interesado, aunque hasta él no podía llegar la conversación.

«Ciruela de Agua» hablaba, ahogándose entre los fuertes brazos que la sujetaban.

—Que, cuando te he contemplado ahí sentada, con la pared como fondo tan blanca como los libros que tú tienes y con esa cara de niña, me pareció por un momento que eras..., que eras...

—¡Sigue!

—...que eras tú, hija, Ix Chuntunak, el día de la fiesta de su Emkú. Llevas el mismo vestido y el mismo tocado de flores.

Ante el terror de «Ciruela de Agua», la abrazó con ternura. Después la ayudó a levantarse y la sujetó de una mano, tirando de ella a la vez que reía alocada.

—Ven, acompáñame, vamos rápido. Quiero hablar con el señor Cumatz.

Cuando llegaron ante el sacerdote-dibujante, Kukum llevaba arreboladas las mejillas y los ojos brillantes. Las dos mujeres respiraban con dificultad debido al fuerte ritmo que habían impreso a la carrera. Ah Cumatz levantó los ojos y enarcó las cejas. ¿Qué querría ahora «Dama Pluma de Quetzal»? No hacía ni dos días que le había entregado el libro; le había prometido otro, pero, ¡por todos los dioses!, no iría a reclamárselo ya...

Ella se plantó decidida delante de él.

—Quiero pedirte un favor. Un favor que no olvidaré mientras viva.

Se puso de pie y esperó a que ella hablara, con la infinita paciencia que demostraba en la ejecución de sus dibujos; y con un gesto hermético.

—Tú —continuó ella—, ¿sabes lo que son las estelas conmemorativas?

—Son grandes lajas de piedra sobre las que los escultores tallaban la imagen del gobernante que reinaba en aquellos momentos. A ella se agregaba la fecha de dicho reinado. Ya no se hacen, señora Kukum.

—No me dices nada nuevo, señor Cumatz, sé que ya no se construyen.

Él la miró sin adivinar adónde quería ir a parar.

—Bien, quiero que tus ayudantes confeccionen una

tira de papel que tenga mi altura y que sea tan ancha como es mi cuerpo. ¿Podrán?

El señor Cumatz contestó con otra pregunta.

—¿Y después?

—Y después —siguió ella con decisión—, al igual que los escultores trasladaban a las estelas la efigie del gobernante, «tú trasladarás mi imagen al papel en un dibujo».

¿Qué nuevo capricho era aquél? «Ciruela de Agua» retrocedió asustada. La señora Kukum se había vuelto loca, no cabía duda. Pero al sacerdote-dibujante aquello debió de parecerle la cosa más natural del mundo porque sólo hizo una pregunta.

—¿Cuándo?

—Ahora, si tuvieras el papel de huun ya martillado y preparado.

Sorprendentemente, el señor Cumatz contestó.

—Lo tengo, pero tendrás que sentarte enfrente de mí mientras traslado tu imagen al papel. Así será más fácil. Aunque, ¿no querrás cambiarte de traje? ¿Sin joyas?

—Como estoy en estos momentos; y con las joyas de oro y jade que yo regalé a mi hija, ¿te acuerdas de ellas? Procura que el dibujo se parezca todo lo posible a mí. Aunque deberás hacer que los rasgos de mi cara sean lo más infantiles posible. Como..., como si tuviera trece años.

«Ciruela de Agua» miraba a los dos sin llegar a com-

prender lo que allí se hablaba. ¿Por qué quería parecer una niña en el dibujo? La imagen trasladada sería no la de ella sino, como se parecían tanto, la de Ix Chuntunah... ¡Ix Chuntunah! Claro, lo que la señora Kukum quería era ¡la imagen de su hija! ¿Qué haría con ella? ¿Contemplarla todos los días y seguir llorando? No, no, con toda seguridad..., sí, eso era..., con toda seguridad para seguir buscándola.

Se sentó separada del grupo. Ix Kukum se colocó delante de una pared encalada en blanco donde resaltaba su belleza. Y miraba con cara de inocencia, pero con aquel gesto de resolución que siempre tenía Ix Chuntunah en los labios. El sacerdote estaba abstraído en su trabajo, trasladando con una fidelidad asombrosa los rasgos de Kukum al papel. Cambiaba constantemente de pincel según el color que necesitara en aquellos momentos; raspaba a veces o extendía otras los colores con pequeñas muñequillas de trapo. Con las cejas enarcadas o los rasgos distendidos según la dificultad del momento.

Kukum no se movía de la postura en que se había sentado, sólo el leve aleteo de las ventanas de su nariz y los rápidos parpadeos de los ojos hacían comprender a «Ciruela de Agua» el agotamiento que tenía después de varias horas de posar para el sacerdote. Pero ni una sola queja salió de sus labios.

Cuando las luces del crepúsculo doraban las cresterías del palacio, el sacerdote se levantó.

—He terminado —dijo escuetamente.

Después extendió el papel ante las dos mujeres. «Ciruela de Agua» dio un grito de sorpresa.

—¡Es mi niña Ix Chuntunah! Es ella, es ella... —y señalaba con gran excitación el dibujo.

—Cálmate. Señor Cumatz, ni aunque viviera cien años me olvidaría del favor que acabas de hacerme. No sé cómo voy a recompensarte.

Él sonrió y, a la vez que enrollaba el dibujo con gran cuidado, dijo con voz quebrada por la emoción.

—Todos adoramos en palacio a la pequeña Ix Chuntunah. Nuestro deseo es que puedas encontrarla pronto. Si esto te ayuda, ésa será mi recompensa. El Halach Uinic recuperará su joya más preciada y tú recobrarás la calma.

—Que los dioses alarguen tu vida, señor Cumatz.

—Eso espero para poderla ver regresar.

Se despidieron de él. A la mañana siguiente, cuando aún se extendían por el horizonte las delgadas estelas doradas del alba, un mensajero salía para Tulúm con un ancho papel enrollado; y con la difícil tarea de encontrar a los dos guerreros y entregárselo. Bajo pena de muerte le fue prohibido abrir dicho papel. En caso de no encontrarlos, lo quemaría y volvería a palacio para dar la nueva. Tenía un mes de plazo. Ni un día más.

13

La decisión
de Ix Itzhá

X Kanpepen, mientras trenzaba con paciencia el abundante cabello de Macachí, le explicaba las anécdotas de su fiesta del Emkú. Cuando llegó a la leyenda que había contado Ix Xuayabté sobre el pájaro cambul, la muchacha tiró de su brazo presa de un gran nerviosismo.

—¿Qué te pasa, te he tirado de los cabellos?

Ella negó enérgicamente con la cabeza y volvió a llevar las manos de la niña hacia su sien izquierda. Kanpepen miró asombrada la pequeña costra que le bajaba hasta el pómulo. Después, retrocedió asustada con la inocencia pintada en el semblante.

—¿No serás tú ese pájaro cambul?

Macachí volvió a negar.

—Entonces, lo que quieres decirme es que tú también te has dado un golpe.

Ella afirmó.

—Y que..., ¡y que no te acuerdas de nada! Entonces, si no te acuerdas de nada, ¿cómo sabes que no eres el pájaro cambul?

Itzhá entró en el dormitorio donde estaban las dos niñas.

—¿Estáis ya preparadas? Zacboc y tu padre os esperan en el jardín. Hija, cuida de que Ix Macachí no vaya a hacerse daño con las cañas de maíz, de momento que trabaje con prudencia.

Las dos salieron y se juntaron con los hombres, iniciando la marcha hacia occidente, camino de los maizales. Atravesaron un lugar lleno de matorrales y altos cedros que tamizaban entre sus ramas la luz del sol. Ah Cuy y su padre se les unieron en el camino, habían decidido ayudarlos para que la tarea les fuera más llevadera y pudieran acabarla en el día.

Zacboc y Acanceh llevaban dos grandes sacos de henequén para llenarlos con las mazorcas que recolectaran; las dos niñas cargaban con la comida que les había preparado Itzhá: una calabaza cada una con pozol, la harina de maíz disuelta en agua; varias tortillas; frijoles negros; y trozos de carne de venado aderezados con ají y orégano. Y, como un regalo especial dada la presencia de Macachí, otra calabaza con ha, el exquisito chocolate que ella preparaba tan bien.

Les esperaba una buena jornada de trabajo y apretaron el paso. Llegaron cuando el día había comenzado a clarear. Acanceh distribuyó el trabajo: las dos niñas recogerían las mazorcas del maíz ya maduro que estuvieran en el suelo. Hacía tiempo ya que habían doblado las cañas para que se secaran y para evitar que los pájaros se comieran los granos. Los cuatro hombres cortarían los árboles, después los quemarían.

Las dos muchachas comenzaron su tarea. Al principio, Macachí se pinchaba con las cañas; sus gemidos preocuparon a Kanpepen. Pero cuando se ofreció ella para hacer todo el trabajo, frunció los labios en un gesto de decisión, ignoró el dolor de sus manos y siguió. Cuando llenaban un saco lo cerraban con bejucos, cosiendo sus extremos. Después abrían otro en el centro de un gran radio y daban paseos, cargadas de mazorcas, hasta llegar a él. Varias veces durante la mañana se acercaron a beber pequeños sorbos de pozol para recuperar energías. Después seguían el trabajo parloteando; lo que significaba que Kanpepen hablaba todo el rato y ella afirmaba o negaba con la cabeza. Cuando se sentaron a comer debajo de la sombra refrescante de una palmera, sudaban copiosamente. A lo lejos, dos hombres seguían atentamente sus movimientos, extrañados por el comportamiento de la joven Macachí.

Ah Batz, riendo, comentaba con su amigo.

—Vaya una hija de Rey, ¿eh? Esta muchacha ha estado toda su vida haciendo ese trabajo. ¿No observas la naturalidad con que se mueve?

Balantum miraba sombríamente hacia el grupo. Estaba sentado con la espalda apoyada contra el árbol, mordisqueando una rama que sostenía con una mano; totalmente confundido desde que comenzaron a observar cómo trabajaba la muchacha. A la vez, enfadado con la falta de paciencia de Ah Batz. A él

le había ocurrido muchas veces, cuando ya desesperaba de encontrar lo que iba buscando, que algún
gesto insignificante le diera la pista de lo que iba a
buscar. Y así sería en aquella ocasión. Si era necesario volverían a Chichén Itzá y pedirían consejo al
Halach Uinic. Que él hablara al Batab de Tulúm para
permitirles seguir su labor de búsqueda con tranquilidad.

—Ya han acabado de comer —dijo Ah Batz.

—¡Por todos los dioses! Deja ya de chismorrear
como una vieja. Estoy viéndolos igual que tú —al ver
la cara de sorpresa de su amigo, rectificó al momento—. No me hagas caso, esta inactividad va a acabar
con mis nervios. ¿Por qué no pasa algo? Cualquier
cosa que nos haga movernos, no estar aquí sentados como dos mujeres tullidas por los dolores.

—Tú y yo sabemos al menos lo que estamos buscando; pero esos dos pobres hombres, los espías
del Gobernador, estarán jurando por los Nueve Señores de la Noche en contra de nosotros.

Se volvieron a la vez, pillando de improviso a los dos
guerreros del Batab, que intentaron ocultarse con rapidez detrás de una roca. Los dos rieron al unísono y
se levantaron de su escondite, dirigiendo sus pasos
hacia Tulúm sin preocuparse de que los vieran. Pero
el grupo formado por la familia de Acanceh y sus amigos no se percató de su presencia. Siguieron con su
trabajo hasta que el sol se ocultó a sus ojos. Después, los cuatro hombres cargaron con los sacos llenos de mazorcas y volvieron a sus casas. Las muchachas, agotadas por el esfuerzo, siguieron sus
pasos.

Los días siguientes fueron de gran actividad: quemaron los árboles y midieron las nuevas parcelas para la siembra de la nueva estación. Acababan, sobre todo Kanpepen y Macachí, rotos por el cansancio. Por las noches, después de cenar, cambiaban sus ropas por otras limpias y se sentaban en el jardín rodeados por todos los amigos que venían a comentar las incidencias del día.

Una noche en que estaban reunidos, Itzhá se dirigió a Macachí.

—Hija, no sabemos quién eres, pero has llenado nuestras vidas de alegría con tu presencia. Mañana partiréis hacia Chichén Itzá hasta que acabe este asunto. Después, si quieres venirte a vivir con nosotros, te acogeremos con el mismo cariño. Disfrutarás de los amaneceres húmedos; del tiempo en que los árboles pierden sus hojas, pero se llenan sus copas de olorosas flores lilas, y rojas, y amarillas; y de la estación en que estallan radiantes las plantas y todo vuelve a la vida; de las bonitas historias de Ix Xuayabté. Te enseñaremos a tejer, a recolectar las deliciosas frutas del bosque... —su voz, quebrada por la emoción, se apagó repentinamente.

Después, Kanpepen le acercó un ramo de flores rojas de Yaxché, la ceiba sagrada que adoraban.

Ix Macachí miró las flores y enarcó las cejas. De pronto, aquel árbol pasó delante de sus ojos con la celeridad del rayo, plantado en un bello jardín. Sacudió la cabeza con energía y sonrió.

—Son mis flores preferidas, ¿cómo lo sabías? —comentó dulcemente.

—Porque, siempre que vamos al campo, tú buscas estas flo... —calló de pronto, petrificada por el asombro.

Un silencio sepulcral se extendió a su alrededor, haciendo parecer a sus moradores rígidas estatuas de piedra que hubieran perdido de pronto el hálito vital que las sustentaba.

—Pero, ¿qué os pasa a todos? —dijo Macachí con nerviosismo.

Ix Itzhá se dio cuenta del dramatismo de la situación; y comprendió que, si no actuaba con naturalidad, la muchacha podría asustarse y volver de nuevo a aquel mutismo extraño. Se acercó a ella y tomó sus manos con dulzura.

—¿Es posible que no te hayas dado cuenta, hija?

—¿He dicho algo malo? —preguntó con inocencia.

—No, mi pequeña, no has dicho nada malo.

—Entonces, si no he dicho nada malo —abrió los ojos con admiración—, he dicho..., he dicho... ¡Estoy hablando! Es eso..., es eso... ¡Estoy hablando!

Y comenzó a dar vueltas, sujetando a Itzhá por el talle y haciéndola revolotear a su lado. Después se acercó a sus amigos y lentamente pronunció sus nombres.

—Ix Kanpepen..., Ix Ucum...

Cuando acabó, todos se unieron a ella, abrazándola, tocándole el cabello y las manos, acariciando su cara mojada por las lágrimas.

Acanceh se dirigió a Macachí.

—¿Quién eres, hija?

Ella levantó hacia él los ojos, límpidos de sinceridad.

—No lo sé, de verdad, no sé quién soy.

Ix Itzhá miró hacia las vallas que rodeaban el jardín.

—Tenemos que ser precavidos. Por fortuna, el griterío de los grillos es lo suficientemente alto como para que no se pueda oír nuestra conversación desde fuera.

Macachí lloraba silenciosamente.

—¿Y si fuera verdad que soy una esclava ladrona? ¿Por qué tengo esas joyas? Tal vez si me dirigiera a Tikal con esos guerreros, podría saberlo.

—En modo alguno —contestó Itzhá con energía—, no te vamos a permitir tamaña locura. Yo «sé» que no has robado nada a nadie. Y ahora, oídlo bien todos, tenemos que continuar como hasta hoy. Te seguiremos llamando Macachí y no debes hablar delante de personas desconocidas hasta que no llegues a Chichén Itzá. En caso contrario, los guerreros pensarán que nos hemos burlado de ellos. Ahora debemos acostarnos todos. Mañana iniciaréis la marcha con las primeras luces del alba. No —atajó el movimiento de sus amigos—, no os acerquéis a ella para abrazarla; si nos están observando esto tiene que parecer la despedida de un día normal.

Salieron con lentitud, dirigiendo una última mirada de cariño a la muchacha. Ella volvió a expresarse con gestos y, emocionada, les dijo adiós con las manos.

Durmieron pocas horas. Ix Itzhá pasó la noche preparando la comida del viaje.

＊　　＊　　＊

Ah Balantum se despojó de sus armas y se sentó al lado de Ah Batz, que dormitaba apoyado sobre una roca a la puerta de la «Casa de los Viajeros».

—Bonita noche. No sé si merece la pena que nos acostemos. ¿Qué opinas, Balantum?

—¿De qué hablarían? Los malditos grillos, con su canto, impidieron que pudiera oírlos. Pero algo raro debía de estar pasando. No era una noche normal.

—¡Qué más da! Con las primeras luces del alba saldremos para Chichén Itzá. Después, quién sabe, tal vez no volvamos por aquí. Olvida a esa muchacha, Balantum, te has obsesionado con ella.

—Volveré, aunque me vaya la vida en el intento, volveré. Y encontraré la manera de llevar a esa muchacha ante Ix Kukum, su madre. Algo me dice que no me equivoco.

Ah Batz le contestó con un gruñido somnoliento. Al poco rato, los dos amigos dormían apaciblemente.

＊　　＊　　＊

Itzhá tocó a su marido en el hombro, con cuidado de no asustarlo, y le indicó que el desayuno ya estaba preparado; después despertó a Zacboc y a Ix Macachí. Kanpepen, que tenía un sueño frágil, se levantó de un salto detrás de la muchacha, que dormía a su lado. Se dirigieron a la cocina con cuidado para no despertar a «Pan de Maíz».

—Os he preparado las cosas que vais a necesitar, pero he procurado que no tengan mucho peso. Van distribuidas en tres bolsas separadas. Ésta la llevará Ix Macachí: tiene un vestido de repuesto y unas sandalias para que pueda cambiarse en casa de nuestros parientes y no necesite pedir nada. También unas cintas para que adorne su pelo y bolitas de incienso de copal para rogar en los santuarios al Dios de la Estrella del Norte, protector de los viajeros.

Esta otra es la tuya, Zacboc. También, como en la de tu padre, llevas ropa de repuesto y unos regalos para nuestros parientes. En estas pequeñas lleváis comida suficiente hasta que lleguéis a Cobá. Daos prisa, no es conveniente que os vean salir de la casa.

Se abrazaron en silencio y sin volver la cabeza atravesaron el jardín. De algunas casas salían ya los sonidos de la piedra al moler el maíz; y el de las campanillas de cobre de las cortinas para decir el último adiós, con la mirada, a la muchacha. Pero, como habían prometido la noche anterior, nadie salió a despedir a los viajeros.

Zacboc notó algo extraño y sujetó con cautela el brazo de su padre; después se acercó a su oído y habló en un susurro.

—Hace tiempo que alguien nos viene siguiendo.

—También me he percatado yo, pero sigue caminando, parece ser que son los pasos de una sola persona. Subamos hasta Tulúm sin darnos por enterados. Al llegar al templo, vosotros seguiréis rectos por el gran Sacbé de Cobá; yo lo bordearé y sorprenderé a quien sea.

Habían hablado tan bajo que ni la propia Macachí, que iba unos pasos delante de ellos, pudo oír lo que decían. Ascendieron por un estrecho camino y llegaron a la ciudad. Como habían planeado, Ah Acanceh, protegido por la oscuridad, dio la vuelta al edificio. Sus pies apenas tocaban el suelo y de vez en cuando se paraba para aguzar el oído. Tardó largo rato en llegar otra vez a la entrada; desde allí apenas pudo divisar un bulto que caminaba cautelosamente detrás de los dos muchachos. No llevaba andados más de cincuenta pasos, cuando una rama crujió bajo sus pies. Estaba casi al lado del bulto y éste se volvió inesperadamente. Los dos se miraron con asombro. Acanceh fue el primero en hablar.

—Pero, ¿qué haces tú aquí?

—Me has dado un buen susto, señor Acanceh. Te iba vigilando, marchabas detrás de Ix Macachí y de Zacboc, ¿cómo apareces a mi espalda?

—No has contestado a mi pregunta, Cuy —replicó enfadado Acanceh.

—Anoche, cuando nos despedimos, rogué a mis padres que me dejaran acompañaros hasta Chichén Itzá. Tenemos allí parientes igual que vosotros y me instalaré en su casa, no seré una carga para ti.

—Anda, anda, tira hacia adelante. Ya eres mayorcito para ser una carga para nadie. Pero has podido despertar sospechas si te llegan a ver los guerreros.

Estuvieron caminando muchas horas confundidos con la gente que iba hacia la ciudad para celebrar las fiestas en honor al dios Kukulkán, «La Serpiente Emplumada». De los caminos que se unían al Gran Sacbé, que llevaban a los distintos pueblos de los alrededores en la selva, constantemente salían personas cargadas con sus pertenencias. Tuvieron que esperar largas colas en los santuarios para orar y quemar incienso de copal. Era ya mediodía, cuando determinaron apartarse de aquella riada humana y descansar debajo de un árbol para comer y reponer fuerzas.

Para Ix Macachí aquél era un mundo nuevo nunca presentido ni hollado. Allí todo era compartido: la comida, las alegrías, los trabajos y las penas, las fiestas y los viajes. ¿Cómo sería su mundo? ¿Habría ella vivido la cohesión de estas gentes, dondequiera que hubiese nacido? Como un ramalazo venían a su mente pequeños rincones floridos, acequias con brillantes peces de colores; altos muros y dinteles de puertas profusamente labrados. Pero luego aquellos pensamientos fugaces, llenos de una espesa niebla como la de los amaneceres de la selva, envolvían al resto de las personas que, con un amplio revuelo de faldas o sonidos de lanzas y pectorales metálicos, se movían a su alrededor. ¿Por qué no lograba recordar la cara de aquella mujer que se movía a su lado, vestida de rojo y jade? Lograba rememorar los delicados nenúfares con que estaba bordada su falda; y sus manos, tersas y brillantes como las conchas marinas de las que estaba formado el Gran Sacbé, el camino por donde transitaban, y tan suaves como una delicada pluma de quetzal. Pluma de quetzal... Pluma de quetzal..., ¿qué le recordaba ese nombre?

—¿No comes?

Ah Acanceh truncó el hilo de sus pensamientos y le produjo una sensación extraña, como si hubiera interrumpido algo muy importante: el recorrido que la llevaría hasta un gran descubrimiento.

Estaban sentados en un círculo y habían extendido sobre pequeñas hojas de plátano el contenido de las bolsas de comida. A su alrededor, buscando también la sombra apetecible de los árboles a aquellas horas del mediodía, había muchas personas que comían o descansaban y charlaban entre sí comentando las incidencias del viaje. Pronto llegarían a Xelhá; de allí hasta Cobá, la ciudad sagrada rodeada de siete lagos, había poca distancia. Acanceh les había prometido que los dejaría bañarse allí. ¡Qué delicia introducir en ellos los pies fatigados por la larga caminata y sentir el cosquilleo refrescante del agua!

No tardaron mucho en acabar. Recogieron sus pertenencias y emprendieron de nuevo el viaje.

14

El dibujo

AH Balantum y Ah Batz llevaban varias horas caminando por el Sacbé número 3 y desembocaron en la plaza principal de Cobá antes del mediodía. Era larga y muy extensa, rodeada de grandes templos que se sucedían unos a otros sin mucha separación. Comenzaron a subir las escaleras de uno de ellos para extender la vista por los alrededores y admirar los paisajes. Habían decidido no quedarse en la «Casa de los Viajeros» de la ciudad y continuar directamente hasta Yaxuna; aunque la distancia que tenían que recorrer les llevaría más de dos días a buen paso. Desde allí hasta Chichén Itzá había apenas una jornada de camino.

La noche anterior no esperaron a que amaneciese para emprender el viaje. De todas formas tenían que abandonar Tulúm al haberse cumplido el plazo dado por el Batab y, como ninguno de los dos tenía mucho sueño, después de la primera cabezada se levantaron y se dispusieron para la partida. Pasaron delante de la casa del señor Acanceh; todo estaba en un profundo silencio roto a intervalos por el canto de los grillos. No se entretuvieron mucho, dicron la vuelta y ascendieron por el camino que atravesaba Tulúm; después se dirigieron hacia el Oeste y comenzaron a andar sin haber intercambiado frase alguna.

—¿Cómo estará el agua de los lagos? —insinuó Ah Batz al divisarlos desde la escalera.

—No vamos a perder el tiempo bañándonos. En el Sacbé de Yaxuna hay casas en las que podremos quedarnos, comer y darnos una buena zambullida en algún cenote.

Ah Batz se dio cuenta de la inutilidad de sus insinuaciones. Qué remedio quedaba, continuarían caminando horas y horas a buen paso. Tal vez fuera lo mejor porque tenía unos deseos enormes de llegar a su casa y abrazar a su familia. ¡Bien merecía la pena el renunciar a las aguas cristalinas de los lagos de Cobá!

Estuvieron un rato más en la cúspide del templo observando la marea humana que entraba en la ciudad, parecida a una larga hilera de afanosas hormigas.

—Dentro de seis o siete días, en Chichén Itzá no se podrá dar un paso sin toparse con cientos de campesinos —comentó Balantum.

Bajaron y continuaron su camino. El Sacbé hacia Yaxuna era más agradable de recorrer. Se elevaba del suelo a bastante altura y su anchura, cuatro metros y medio, además de hacer holgado el paseo nunca estaba totalmente a pleno sol por la gran cantidad de árboles que había en las veredas.

Cuando comenzó a oscurecer se detuvieron en una

de las casas de viajeros que estaba situada en los aledaños de una pequeña aldea; Balantum la conocía de haber parado en ella otras veces. Era amplia, dada la gran cantidad de personas que transitaban por aquel Sacbé, y estaba siempre bien abastecida de alimentos. Además, estaba a mitad de la distancia que los separaba de la ciudad. Pasaron allí la noche, se levantaron temprano y, antes de que la gente se pusiera otra vez en movimiento, iniciaron de nuevo la marcha.

No llevaban andado mucho trecho, cuando divisaron a un corredor que venía en sentido contrario. En la cabeza, en la parte superior del pelo y sostenido por una red, llevaba un mensaje anudado. En las manos portaba un gran rollo de papel.

—Es Ah Canchakan.

—Eh, «Prado Alto», ¿dónde te diriges?

El mensajero se volvió hacia ellos, extrañado de oír su nombre tan lejos de Chichén Itzá, donde sólo lo conocían en palacio.

—¡Por todos los dioses! Me habéis ahorrado llegar hasta Tulúm. Voy buscándoos a vosotros dos, de parte de la señora Kukum. Venid, apartémonos del camino, tengo que daros dos cosas.

Se llevó la mano a los cabellos y sacó el mensaje de la red; después les entregó el rollo con el dibujo.

Balantum, a medida que recorría con la mirada el escrito, abrió los ojos. Después extendió el dibujo. La débil luz del amanecer devolvió a sus dos amigos la palidez mortal de su rostro.

—¡Lo sabía, lo sabía! Es ella.

Batz, de un manotazo, arrancó de sus manos el rollo.

—¡Ix Macachí...! —pudo decir, apenas en un susurro.

—Volvamos hacia Tulúm.

—¿Volver? —Ah Batz no podía dar crédito a lo que oía. Adiós a su cama; a su familia, añorada después de tantos meses de ausencia. Y vuelta a los polvorientos caminos, a las casas de los viajeros; y a las indagaciones. De pronto, se acordó.

—Pero, ¿qué hacemos con el Batab?

Ah Canchakan les resolvió las dudas en pocos minutos.

—El Batab de Tulúm, el señor «Tigre de la Noche», llegó ayer al palacio del Halach Uinic. Han sido convocados por él todos los Bataboob de las ciudades dependientes de Chichén Itzá. Se rumorea que se avecinan grandes problemas con los demás componentes de la Liga. No sé qué os mandará la señora Kukum, pero procurad hacerlo con presteza para que, si ocurre algún hecho grave, estéis dentro de la ciudad y cerca de vuestras familias.

—Eres un buen muchacho —indicó Balantum.

—Ni que decir tiene —respondió Ah Canchakan— que lo que os he dicho no puede trascender este círculo.

—No te preocupes. Vuelve a palacio y di a la señora

Kukum que nos has entregado los mensajes. Y que, gracias a Itzamná, «Dios del Poder y la Sabiduría», nuestras pesquisas están prontas a tener un buen final. Vamos, Batz, volvamos. Y esta vez te prometo que nos bañaremos en los lagos de Cobá. Nadie puede impedírnoslo.

El mensajero dio la vuelta e inició una veloz carrera. Ellos se agacharon, recogieron del suelo las lanzas y los cascos y se incorporaron de nuevo. Aquel movimiento, que tuvieron que hacer dando la espalda al Sacbé, les impidió ver al grupo de personas que pasaban en ese momento a su lado y que iba compuesto por tres campesinos y una niña silenciosa, que se dirigían hacia la ciudad ceremonial de Chichén Itzá. Cuando iniciaron de nuevo el camino en sentido contrario, el grupo se había confundido entre las personas que llenaban la calzada.

* * *

Ix Itzhá estaba sentada en el jardín. Tenía a su lado a «Pan de Maíz», que dormitaba en una hamaca mientras ella tejía afanosamente una manta multicolor. Kanpepen, desde la fiesta de su Emkú, se había integrado de lleno a las labores de la casa y la libraba de una gran parte del trabajo, permitiéndole dedicarse más tiempo a las cosas urgentes que debía reponer.

Hacía más de una semana que su marido y su hijo, acompañados de Ix Macachí, habían partido hacia la «Ciudad de los Brujos del Agua». La mañana de su partida se enteró de que también Ah Cuy se había unido a ellos; y tenía a «Manantial de Agua Salada», su madre, todos los días en su casa, aburrida y sola, haciéndole compañía y comentando los rumores que circulaban en Tulúm. Se decía que los dos guerreros habían partido también; no tardarían por lo tanto en llegar pronto a Tikal y contar a su misteriosa señora que habían sido infructuosas sus averiguaciones. Sin embargo, ella no estaba tranquila. Ix Macachí se había olvidado llevarse el collar y los pendientes, y la cesta reposaba detrás de la figura de Ixchel, la «Diosa de la Luna», en el nicho de la cocina. Aquello no le gustaba, no estaba acostumbrada a tener joyas como aquéllas y sólo saber que estaban allí la tenía nerviosa. Cuando volviera Acanceh, comentaría con él la posibilidad de enviarlas a Chichén Itzá y devolvérselas a la niña.

Oyó unos pasos que se acercaban y atravesaban la cerca del jardín. Por la posición del telar, apoyados los extremos en una madera empotrada en la pared de la casa, daba la espalda a la puerta.

—Temprano vienes hoy, «Manantial de Agua Salada», pasa, dejaré de tejer y te prepararé un cuenco con pozol. Hace mucho calor esta mañana.

Al no oír la voz de su amiga, se dio la vuelta. El corazón comenzó a latirle con fuerza, pero, aparentemente, no se inmutó. Allí, de pie y con un gran rollo de papel en las manos, estaban los dos guerreros.

—Señora Itzhá, manda salir a Ix Macachí aquí fuera, queremos hablar con ella.

Contestó con naturalidad, midiendo cada una de sus palabras, para no dar sensación de altanería.

—Ix Macachí no está en casa.

—Bien, dinos dónde se encuentra e iremos a buscarla.

—No está en Tulúm.

—¿Que no está en Tulúm? —Ah Batz había levantado la voz y despertó a «Pan de Maíz», que comenzó a dar agudos chillidos.

—Has asustado a mi hijo, te ruego que no des voces.

Soltó el telar y levantó al niño de la hamaca. Hipaba escondiendo la carita en el pecho de su madre. Balantum sintió una gran ternura.

«Manantial de Agua Salada» entraba en aquellos momentos en el jardín y miró extrañada a los dos guerreros. Itzhá le alargó a su hijo.

—Llévatelo a tu casa y dale de comer. No te preocupes, no ocurre nada. Sólo que necesito tranquilidad para conversar con estos dos guerreros. Kanpepen está en casa de su amiga Ix Ucum; dile de mi parte que se quede con ella hasta que yo vaya a buscarla.

Cuando salió su amiga, invitó a los dos hombres a sentarse.

—Os traeré pozol —después, al notar el gesto de Ah Batz, sonrió burlona—. ¿Crees que podría correr más que vosotros?

Ah Batz enrojeció.

—Trae también para ti; tenemos que hablar largamente —dijo Balantum, sonriendo ante la agudeza de aquella mujer.

No tardó en preparar las bebidas, pero le dio tiempo de recapacitar sobre la súbita aparición de los dos hombres. No tenían tiempo de haber ido y vuelto a Tikal, estaba a bastantes jornadas de Tulúm, demasiadas aun recorriendo el camino a buen paso. Y, desde luego, en la ciudad no se habían quedado; nadie los había visto desde la noche anterior a la partida de Ah Acanceh y los muchachos. Tampoco habían parado en la «Casa de los Viajeros», ella había estado allí con algunas vecinas para limpiarla y reponer alimentos, cuando supieron que la habían abandonado. ¿Qué harían aquí otra vez?

Acabó de preparar los cuencos y salió de nuevo al jardín. Hacía un calor sofocante, los dos hombres se habían despojado de sus cascos y de las capas y ofrecían a la vista los torsos desnudos de recias musculaturas. Pero la mirada serena de Balantum le había hecho perder el miedo desde el primer momento. Descubría algo en esos ojos, ¿resignación tal vez?, que no se le había escapado a su fina intuición. Una mirada distinta, en cualquier caso, a la del primer día en que lo conoció. El más joven era casi un niño, pendiente siempre de las decisiones del maduro guerrero.

Cuando llegó, se quedó de pie a su lado mientras les ofrecía el pozol.

—Siéntate, por favor —dijo Ah Balantum.

Extendieron ante ella el rollo de papel. Itzhá se había prometido interiormente no demostrar sentimiento alguno por ninguna de las cosas que le contaran. Pero no pudo evitar un parpadeo de asombro al ver el dibujo; y una exclamación.

—¡Ix Macachí!

Porque aquella era la linda jovencita que en el papel tenía delante. Con un vestido blanco bordado en tonos azules, rojos y verdes. Colgado del cuello, un pesado collar de oro y jade de cuentas como gotas de rocío y, haciendo juego, unos pendientes del mismo engarce. Eran el vestido y las joyas que ella tenía guardados en la cesta. El pelo suelto con diminutas margaritas diseminadas por él. Y las manos, las bellas y delicadas manos de la muchacha cuando ella la conoció, descansando con elegancia en el regazo.

—No .es Ix Macachí —respondió Balantum, que seguía las órdenes transmitidas en el mensaje—, es la señora «Dama Pluma de Quetzal», esposa del Halach Uinic de Chichén Itzá, «La Ciudad de los Brujos del Agua».

Itzhá abrió la boca por el asombro. Balantum, aprovechando el momento de sorpresa, continuó.

—Ix Macachí es su hija y la hija de su esposo, el Halach Uinic. En realidad se llama Ix Chuntunah.

La mujer se había tenido que sentar, presa de una gran emoción. Balantum acabó de explicarle toda la historia.

—... por eso tenemos que encontrarla pronto. Antes de que los chilanes puedan fijarse en su belleza y en su defecto actual. Existe el peligro de que la elijan para el próximo sacrificio si no nos apresuramos. Señora Itzhá, todo lo que te hemos contado es cierto.

—Lo sé —afirmó resignada—. Mi marido y mi hijo, además de su amigo Ah Cuy, partieron hace más de una semana hacia Chichén Itzá con ella. En el fondo de mi corazón sabía que no decíais la verdad con respecto a la muchacha. No era una ladrona, también tuve esa convicción desde el principio. Vosotros —los miró seria— tenéis la culpa de que esa pobre madre no tenga consigo a su hija hace mucho tiempo. Quisimos protegerla.

—¿No os contó cómo llegó hasta aquí?

—No, no recuerda quién es ni de dónde viene.

Después les explicó todo lo referente a su estancia en Tulúm.

Cuando terminó, les entregó las joyas y el vestido guardados en la cesta.

—Pobre niña —comentó cuando lo depositaba en sus manos.

—La señora Kukum os recompensará —dijo Balantum, mientras esperaba sonriente la respuesta que sabía de antemano.

—Jamás admitiremos —le contestó con dignidad— ninguna recompensa de nadie. Hicimos lo que creímos justo.

Los dos se pusieron de pie al mismo tiempo.

—Quedaos a comer en mi casa, hay tortillas para todos y carne aderezada con chiles picantes. Después podéis daros un baño y descansar un rato; cuando caiga el sol, iniciaréis la marcha.

Ah Batz entendió entonces por qué Ix Chuntunah se encontraba tan feliz en aquella casa. Aquella mujer era la viva estampa de la serenidad y de la armonía; no había levantado el tono de voz en ningún momento, había seguido las explicaciones sin interrumpirles. Después, intuyendo que decían la verdad, les había contado sinceramente, sin dar importancia a lo que habían hecho, la historia. Y cómo la niña, ¿lo entenderían alguna vez el Halach Uinic y su regia esposa?, había cooperado en las labores del campo; o había marchado cargada con un enorme cántaro al cenote de Tulúm para acarrear agua acompañada de Ix Kanpepen. Aquella niña, acostumbrada a vivir en la jaula de oro del palacio, había sido tremendamente dichosa lejos de su fastuosa vida. Y Balantum —jamás Ah Batz había visto una mirada más agradecida en su rostro— le sonreía enternecido y admirado de aquel comportamiento.

Caía la tarde. Había desaparecido el calor al influjo beneficioso de la brisa. La comida les había parecido deliciosa; y, después de un refrescante baño, se dispusieron para la marcha.

—No os olvidéis, nuestra familia es muy extensa, pero no tenéis más que preguntar por los que lleven los apellidos iguales a los de mi marido y al mío. En cualquiera de las casas os darán noticias de ellos y os dirán dónde se encuentran. Que los dioses os protejan.

Salieron al jardín y se volvieron para decir adiós a Itzhá, que los estaba despidiendo desde la puerta. Un poco más abajo dieron un giro hacia la derecha y se perdieron entre los árboles.

15

La visita al mercado

OS parientes de Ah Acanceh no preguntaron nada cuando los vieron aparecer con la muchacha; comenzaron a preparar una cama en la habitación que compartían sus dos hijas pequeñas y acomodaron a los muchachos en la de sus hijos.

Vivían en una casa muy amplia y cómoda en las afueras de Chichén Itzá. Eran unos ploms acaudalados que comerciaban con productos suntuarios. Sus hijos varones iban a la escuela regentada por un viejo guerrero. Aquello entusiasmó a Zacboc, que obtuvo la promesa de que podría acompañarlos.

Ix Macachí intimó enseguida con las niñas y se ofreció a ayudarlas en las tareas domésticas. Ah Cuy había sido invitado también por el importante comerciante a permanecer en su casa.

—Muchacho —le dijo—, los amigos de mis parientes son amigos míos. Aunque vayas a visitar a tus familiares para comportarte como una persona educada, te quedarás en mi casa hasta que acaben las fiestas. Así disfrutarás con tu amigo y mis hijos.

A la mañana siguiente salieron muy temprano. La ciudad era un hervidero de gente; parecía como si todos los habitantes de los alrededores se hubieran dado cita en aquellos días en el mismo lugar. Pero se reconocía inmediatamente a los de otras provincias por sus vestidos diferentes a los de los residentes de Chichén. Todos habían tenido que pasar por la gran puerta de la ciudad y ser interrogados por los guerreros que había a la entrada. Si las provincias de las que provenían tenían alianza con ellos, inmediatamente les cedían el paso. A través de aquella gran puerta, el Sacbé número seis conducía directamente al mercado donde se dirigían los visitantes para vender sus productos.

Acanceh y los muchachos, acompañados de Macachí, se internaron en él. Su pariente Ah Tok les había invitado a conocerlo. Llegaron a la inmensa plaza rodeada de cientos de columnas esculpidas con el mismo motivo: retratos de guerreros armados con lanzas. Los muros estaban pintados de vivos colores amarillos, azules y verdes.

Ah Tok se dirigió a la sala donde se situaban todos los de su gremio, cruzando delante del santuario de Eh Chuah. Era la Sala del Consejo. Acanceh se quedó con él, pero los muchachos pidieron permiso para recorrer el mercado. Aunque había más de diez mil personas vendiendo o comprando y caminando entre las naves, reinaba el más perfecto orden. Conducidos por el olfato llegaron a los puestos donde estaba la vainilla. Las blancas flores, a modo de reclamo, rodeaban las cápsulas de otras que se habían secado ya y tenían aspecto de frijoles.

Ix Macachí cerró los ojos. Aquel penetrante olor le traía no sabía qué extrañas sensaciones. Imaginó un gran hogar en una inmensa casa llena de mujeres que cocinaban y le ofrecían exquisitos bocados. ¿Quiénes eran? Y, ¿qué hacía ella en aquella estancia que daba a bellos jardines?

«Agua Amarilla», la hija de Ah Tok, la zarandeó por los hombros.

—¿Te pasa algo? —le preguntó.

Ella movió la cabeza y levantó los hombros.

—Vamos a ver las joyas —continuó su amiga—. Mi padre me ha comentado que hoy llegarían al mercado unos comerciantes que vienen por el mar desde las lejanas tierras del sur y traerían perlas. Es todo un acontecimiento y el puesto de esos hombres estará lleno de personas que querrán contemplarlas.

—Las perlas son muy bellas —comentó Ix Macachí—, no me extraña que quieran admirarlas.

Ah Zacboc y Ah Cuy la miraron extrañados.

—¿Tú las conoces? ¿Cuándo las has visto?

—No lo sé. Sólo me acuerdo de haberlas visto y que algunas veces son tan grandes como el dedo grueso de mi mano —y se señaló el pulgar.

Siguieron caminando, comentando alegremente sobre lo que veían en aquel inmenso mercado, cuando hasta ellos llegó un profundo gemido que les alarmó. Se acercaron con curiosidad hasta el compacto grupo situado en uno de los puestos donde los joyeros exhibían sus mercaderías. Tuvieron que abrirse paso a codazos y empujones, los lamentos se hacían cada vez más profundos y acabaron en un agudo chillido. Cuando llegaron, contemplaron un extraño espectáculo: sobre un taburete de madera formado por un grueso tronco de árbol, se hallaba sentado un hombre que era sujetado con fuerza por dos personas; enfrente de él un joyero asía entre sus manos un taladro de hueso que giraba sobre sus dientes hasta hacerle un agujero donde incrustó un trozo de jade. El hombre mantenía la boca abierta y la cara desencajada aún, en la que se mezclaban gestos de alegría y dolor al mismo tiempo. Pidió por señas un espejo. Al tenerlo entre sus manos, abrió la boca y la cerró varias veces; la pulida obsidiana le devolvió la imagen de una dentadura perfecta, cuyos incisivos superiores llevaban el toque de distinción de las verdes bolas de jade colocadas en el centro de cada diente.

Se volvieron admirados y caminaron durante mucho tiempo. Los dueños de los puestos mimaban sus mercancías y las agrupaban con meticulosidad en espera de los posibles compradores que quisieran hacer el trueque. ¡Cuánto les hubiera gustado a Zacboc y a Cuy haber llevado algo interesante! «Agua Amarilla» se divirtió mucho ante el asombro de los muchachos.

—¿Tú no deseas nada para tu madre? —le preguntó enfadado Zacboc.

Ella se ruborizó. No había querido, en modo alguno, dar la sensación de opulencia ni de orgullo. ¿Querían perdonarla? Ella misma, en la próxima visita, llevaría unos granos de cacao al mercado y los cambiaría por algún bonito regalo para «Manantial de

Agua Salada» y para Ix Itzhá. Los muchachos se sintieron conmovidos ante la ternura de la muchacha.

Iban a dar la vuelta, cuando escucharon un revuelo de gente que se amontonaba alrededor de una litera. Estaba decorada con maderas pintadas y labrada con figuras de aves, monos, arañas y flores; y flanqueada a ambos lados por guerreros con lanzas. Se acercaron con curiosidad, pero no pudieron ver quién iba dentro; sólo un brazo femenino cubierto hasta el codo con una pulsera de oro que representaba a una serpiente nahuyaca, la de las cuatro narices.

Los guerreros abrían paso entre la multitud y enseñaban amenazadores las lanzas que portaban.

—¡Abrid paso! Condenados campesinos, abrid paso a la señora «Dama Pluma de Quetzal», esposa del Halach Uinic.

La multitud retrocedió espantada, levantó los brazos al cielo y gritó como una sola persona.

—¡Halach Uinic! ¡Halach Uinic!

Se separaron con reverencia, pero a empellones, intentando dejar el paso libre para que pudiera pasar la litera. Ix Macachí, que no había tenido tiempo de retroceder, se vio empujada con rudeza por uno de los guerreros. Pero no sintió la caída ni cómo era pisoteada por las personas que se echaban hacia atrás. En sus pupilas llevaba impresa la extraña mano que asomaba por las cortinillas, adornada con la joya. Ah Zacboc y Ah Cuy gritaron asustados.

—Atrás, atrás, ¿no veis que la estáis pisando?

Empujaban con desesperación, pero se vieron igualmente atrapados en el suelo.

—Hagamos un puente para protegerla, se va a asfixiar.

Se preservaron la cabeza con las manos y, cuando estuvieron a su lado, se pusieron a duras penas uno frente al otro, juntaron sus hombros y cruzaron los brazos haciendo un hueco donde estaba caída Ix Macachí. Así pasaron un rato que les pareció interminable. La multitud se fue disolviendo hacia los lados del mercado, evitando en lo posible los cuerpos caídos y dejaron el espacio vital necesario para poder respirar. Al fondo, la litera se alejaba dando rítmicos bamboleos que movían acompasadamente las cortinillas.

Hasta Ix Kukum habían llegado los gritos de angustia de los dos muchachos.

—Manda parar la litera, «Ciruela de Agua». Veamos qué le ha ocurrido a la muchacha.

—No te inquietes, señora Kukum, los dos muchachos protegían su cuerpo. Después la han levantado en brazos y la están sacando del mercado.

—Si es así, no hay que preocuparse. No me gusta venir al mercado en litera, siempre ocurre lo mismo. Prefiero recorrerlo a pie sin los guerreros pegados a nuestro lado para que la gente no pueda reconocerme. Y caminar tranquilamente observando los puestos, a las personas que compran y a las que venden. Tocar las mercancías y regatear con los campesinos su valor.

—Pero siempre acabas pagando el precio más alto.

—Tú sabes bien que nunca mido lo que compro por su valor real. Tengo en cuenta el trabajo de esa pobre gente. A veces, después de haber pagado algo, he hecho que retornara a sus manos el producto. ¿Recuerdas a aquella campesina? Sí, mujer, la que me vendió la pieza tejida con dibujos de flores de naranjas. Hice que uno de los guerreros dejara la tela disimuladamente dentro de una enorme tinaja donde guardaba el resto de las que iba a vender. Yo la observaba desde una esquina del mercado; cuando abrió de nuevo para exponer las que le quedaban, se quedó tan sorprendida al verla allí de nuevo, que abandonó su puesto y me estuvo buscando por todo el recinto. Debió de pensar que la había dejado olvidada. No me encontró; pero desde entonces la tiene extendida encima de la tinaja y se niega a vendérsela a nadie. Su respuesta, cuando quieren comprársela, es siempre la misma: «la tengo reservada para una diosa».

Siguieron comentando las incidencias del mercado, y su litera se dirigió hacia palacio.

*   *   *

Cuando se despejó el lugar, los dos muchachos tomaron en brazos a Ix Macachí y la llevaron a la Sala del Consejo de los comerciantes. Allí la reanimaron.

—¿Cómo te encuentras? —le preguntó Acanceh, que, extrañamente, tenía la cara sombría en un gesto que los amigos no pudieron desentrañar.

—No comprendo cómo he podido caerme.

—No te extrañes —respondió Ah Cuy—, los guerreros empujaban violentamente a todo el mundo y...

—¿Los guerreros? —le atajó nerviosamente Ah Acanceh—. ¿Los habéis visto?

—Claro, padre. La gente se arremolinó alrededor de la litera de la esposa del Halach Uinic; estuvieron a punto de hacerla rodar por los suelos. Nosotros nos acercamos también; fue entonces cuando, en el revuelo que se organizó, empujaron a Ix Macachí y comenzaron a pisotearla.

Acanceh se puso repentinamente de pie.

—Salgamos de aquí. Hay que preparar inmediatamente el viaje de vuelta a Tulúm.

—¿Ya os vais? Pero si llevamos aquí sólo una semana —Ix Macachí puso tal cara de pena, que su amiga la abrazó cariñosamente.

—No vayas a llorar ahora, ¿eh? Te quedas conmigo en mi casa. ¿Es que no te encuentras a gusto con mi familia?

—Ella también nos acompañará —respondió Acanceh—. Vamos, por el camino os iré explicando lo que he visto —después se volvió hacia su pariente—. No olvides, Tok, lo que hemos hablado.

—Ve tranquilo —respondió misteriosamente Ah Tok.

Emprendieron la vuelta hacia la casa con paso rápido, agrupados junto a Acanceh, escuchando lo que les iba contando: los dos guerreros de Tulúm estaban en el mercado con la mirada fija en todas las muchachas que pasaban a su lado. Preguntaban en todos los puestos y extendían ante los propietarios un extraño rollo; cuando los vendedores movían negativamente la cabeza, volvían a hacer la misma operación en los puestos siguientes. En una de las ocasiones en que se hallaba cerca de ellos, sólo pudo alcanzar a ver en el dibujo el collar de jade y oro que Ix Macachí les había entregado en una cesta.

—Está visto que piensan seguir hacia el Oeste —comentó Zacboc—, tal vez se dirijan luego, por el Gran Sacbé, hacia Mayapán.

—Por eso hemos de ir en dirección contraria a ellos. Tardarán mucho tiempo en volver a Tikal. Tal vez ni siquiera piensen pasar otra vez por Tulúm. Si es así, habremos salvado a la muchacha.

—¿Cuándo saldremos? —dijo Ix Macachí, alborotada ante la idea de volver con sus amigos.

—Mañana, antes de que la Luna se esconda para dejar paso al Sol. Hoy procuraremos no salir siquiera al jardín de la casa. Comeremos, prepararemos el equipaje y dormiremos un rato. Tenemos que reponer fuerzas para el viaje.

Ix Macachí durmió muy mal aquella noche. Daba vueltas en la cama, inquieta, hablando en voz alta. «Agua Amarilla», a su lado, intentaba calmarla sin conseguirlo. Se levantó y le acercó una calabaza con agua; la encontró sudando.

—Cálmate, mañana habrá pasado todo. Os alejaréis de esos guerreros.

—He tenido un sueño muy extraño; estaba en el jardín de una casa grande, muy grande, jugando con los peces de colores que había en una acequia. De pronto, entre los mirtos que la rodeaban, apareció una hermosa mujer a la que no podía ver la cara; llevaba un traje rojo bordado con nenúfares verdes de jade, se paró delante de mí y, cuando yo levantaba la vista para mirarla, la pulsera de oro que tenía en su brazo, que representaba a una serpiente nahuyaca, se empezó a desenroscar y reptando por el suelo se dirigió hacia mí. No me dio tiempo de seguir mirando a la mujer, eché a correr desesperadamente hacia las murallas, rodeé una gran ceiba de flores rojas que había plantada detrás de la acequia y subí horrorizada por unos salientes de aquella gran pared. Perdí el equilibrio y caí al vacío...

«Agua Amarilla» había palidecido.

—Macachí, me estás describiendo el palacio de Halach Uinic. Yo estuve allí no hace mucho tiempo con mi padre para llevarle a su esposa, Ix Kukum, unas gargantillas de plumas.

—¿El palacio de Halach Uinic? Estás loca, «Agua Amarilla», yo no conozco ese palacio.

—Y esa mujer que has descrito... Ese vestido lo tiene ella, y la misma pulsera de la que has hablado.

—¿Quién es? ¿La conoces también? —preguntó intrigada.

—Es ella, la esposa de Halach Uinic, Ix Kukum...

—Vamos, el desayuno está preparado —la madre de «Agua Amarilla» apareció en la puerta de la habitación—. Seguro que no habéis dormido en toda la noche y habéis estado parloteando como cigarras. Salid en cuanto podáis.

Ix Macachí sujetó por un brazo a su amiga; estaba todavía asustada.

—No hables de esto con nadie, te lo ruego. Me dan

miedo los sueños que tengo últimamente, no es la primera vez que veo en ellos esos jardines; y a esa mujer a la que no distingo la cara.

—No diré nada a nadie, te lo prometo. Apresúrate, nos están esperando.

Cuando llegaron a la cocina, Acanceh y los dos muchachos desayunaban en silencio. Los dos guerreros, según les había contado Ah Tok, habían recorrido muchos puestos del mercado. Pero él, ante su inminente llegada, había abandonado la Sala del Consejo pretextando un repentino dolor de cabeza. Había pensado no volver en una semana, el tiempo suficiente para que ellos pudieran llegar a Tulúm. Después, si le preguntaban, ya se inventaría algo que no chocara contra los grandes principios de piedad, moderación y disciplina, que distinguían a todo hombre honrado.

Ya estaban dispuestos. Abrazaron con cariño a sus parientes, cargaron sus bultos a la espalda y salieron al jardín. Faltaban aún varias horas para que amaneciera; todavía no se empezaban a oír los sonidos familiares que distinguían la proximidad del alba.

Ah Cuy marchaba primero, seguido de Ah Zacboc y la muchacha. Cerrando la fila, Ah Acanceh; todos vencidos bajo el peso de los regalos de sus parientes. No habían tenido tiempo de asistir a las representaciones teatrales delante del Templo de Venus.

—No os preocupéis —les había dicho Acanceh—, otro año os llevaré al juego de pelota, el Pok-a-tok, que se desarrolla en la Gran Cancha. Y os acercaré a oír el sonido del tunkul, el gran tambor vertical que llega hasta el pecho de los músicos. Ah, y también veréis la Danza de las Chirimías, donde más de ciento cincuenta bailarines danzan en un amplio círculo... Otro año será, cuando haya pasado el peligro.

Atravesaron la gran puerta de Chichén y enfilaron por el Gran Sacbé, solitario aún a aquellas horas de la madrugada; después doblaron hacia el Sur, camino de Yaxuna. Antes de que el Sol estuviera sobre sus cabezas habrían llegado a la ciudad. Se pararían a reponer fuerzas y...

—¡Alto! —una voz poderosa, que Acanceh reconoció al instante, sonó en aquellos momentos a sus espaldas.

Los cuatro se quedaron paralizados, con un gesto de desesperación pintado en los semblantes. Ah Balantum y Ah Batz, vestidos con terribles uniformes y pintados los cuerpos con rayas rojas y negras, se dirigían hacia ellos apuntando las lanzas con gesto amenazador hacia sus cuerpos.

* * *

El leve roce de unos pies contra el pulido suelo de la habitación alertó a «Ciruela de Agua», que dormía en una cama a la puerta del dormitorio de Ix Kukum. No se movió de la postura en que estaba, echada sobre el costado derecho. En esa posición podía vigilar la puerta y a la persona que pudiera atravesarla. Aunque era difícil que alguien pudiera llegar hasta los aposentos de la señora porque tendría que atravesar varios controles de guardias fuertemente armados y prestos ante cualquier peligro. Aguzó la vista e intentó mirar en la oscuridad. La Luna, que iluminaba la estancia, era ocultada a intervalos por algunas nubes y en esos momentos era difícil distinguir lo que pasaba en la habitación. Sin embargo, por más que escuchó no se oyó nada. O los pasos se habían detenido o había sido producto de su imaginación. Volvió a cerrar los ojos; debía de ser muy temprano aún porque el gran círculo de plata estaba muy alto, apagando con su resplandor el de las estrellas que decoraban el cielo, tan brillantes y numerosas como las luciérnagas que había en el bosque.

Sin embargo, no había pasado ni un instante cuando volvió a oír el roce de los pies como un débil aleteo. No cabía duda, aquellas pisadas eran distintas del caminar fuerte y seguro de los guardias que velaban en los jardines y que se oían al fondo durante toda la noche. Se incorporó sin hacer ruido; en aquel momento una silueta que le pareció etérea cruzó delante de la ventana. La Luna dibujó sobre el claroscuro de la abertura una imagen conocida.

«Ciruela de Agua» frunció el entrecejo en un ademán de sorpresa. ¿Dónde iría a aquellas horas? Lo pensó un momento y salió detrás de ella, amortiguando sus pasos al caminar sobre la punta de los pies. Había oído contar muchas veces de personas que se levantaban dormidas, caminaban sin darse cuenta y, en la oscuridad de la noche, eran raptadas por enormes dragones alados que las transportaban a ignotas y lejanas regiones de las cuales no regresaban jamás. Algo así le habría pasado a su niña Ix Chuntunah. Sin embargo, no había querido decírselo a su madre para no hacerla sufrir.

Cruzó por largos pasillos, siguiéndola, sin comprender cómo una persona dormida podía caminar con aquella seguridad y rapidez. Ix Kukum se dirigía hacia la Acequia de los Peces. Salieron al jardín, bordearon las columnas que formaban los soportales interiores y, antes de llegar a los mirtos que la rodeaban, se detuvo de golpe, se miró el brazo y continuó hasta la ceiba de flores rojas. Desde allí observó el fondo, la muralla que bordeaba el palacio; después de un momento de duda, se dirigió hacia ella, afianzó las manos en los salientes y comenzó a subir... «Ciruela de Agua» gritó horrorizada.

—¡Señora Kukum!

Hubo un momento en que, lo que estaba viendo, le pareció a la esclava totalmente irreal. La delicada figura parecía una estatua de piedra confundida entre el granito de la muralla. La Luna arrancó por un momento un tenue destello de la pulsera que le cubría el brazo derecho. Pareció vacilar, después puso con cuidado el pie sobre el primer saliente y se volvió hacia la mujer.

—Tonta «Ciruela de Agua», me has asustado —respondió en voz baja—. Has debido de alertar a los guerreros y dentro de poco los tendremos aquí. ¿Qué te pasa? ¿Por qué lloras? Eres una tonta miedosa.

«Ciruela de Agua», sin comprender qué sucedía, hipaba con fuerza a la vez que se limpiaba las lágrimas con el dorso de la mano.

—¡Si continúas llorando mandaré que te azoten!

La esclava sonrió, sabía que era incapaz de hacerlo.

—Ya no lloro, ¿ves?

Pero las lágrimas continuaban rodando mansas por sus mejillas.

—Fíjate: «eso» —dijo Ix Kukum señalando la muralla—, «eso» es lo que pasó.

La esclava no entendía nada. Sólo comprendía que el sufrimiento había vuelto loca a «Dama Pluma de Quetzal». Y se prometió en aquel momento no dormir nunca jamás y cuidarla mientras los dioses conservaran su vida.

—Sí, señora Kukum —asintió dándole la razón—. Ahora vamos a la cama. La Luna está aún muy alta y faltan muchas horas para que amanezca.

—Tonta «Ciruela de Agua», no entiendes nada. ¿Verdad que no entiendes nada?

Ella negó suavemente con la cabeza.

—Claro, ya me lo imaginaba. Crees que me he vuelto loca, ¿verdad?

Los gestos negativos se hicieron más enérgicos. No podía afirmar, aunque lo creía así. Y no por miedo a un castigo, sino para no hacerla sufrir.

—Vamos, te lo explicaré.

Volvieron a los soportales.

—Mira, he tenido un sueño muy extraño: Ix Chuntunah estaba sentada en el borde de la Acequia de los Peces; yo me acerqué a ella para hablarle. Tú sabes que le gustaba mucho que introdujéramos los pies en el agua y asustásemos a los pobres animalillos. Yo llevaba el vestido rojo bordado con los nenúfares y esta pulsera que tengo puesta. Ella volvió la cabeza al oírme llegar. De pronto, su cara se desencajó mientras me miraba el brazo y sin llegar a pronunciar palabra se puso en pie de un salto, corrió hasta la ceiba y la rodeó; después, siempre mirando hacia atrás y corriendo, llegó hasta la muralla que le cortaba el paso. Y, como me han confesado los guerreros que la veían hacer muchas veces, subió por ella. Se agarró a los salientes hasta que llegó arriba. Y dando un terrible grito de angustia cayó al vacío... Entonces me desperté. Así —comenzó a excitarse—, así es cómo se marchó, cómo desapareció de palacio y no pudimos encontrarla. Ya, ya sé lo que me vas a decir —cortó con energía el gesto de «Ciruela de Agua»—, pero si se hubiera matado hubiéramos encontrado su cuerpo.

—Señora Kukum, estás muy alterada. Volvamos a la cama, por favor.

—Sé que no podré dormir, tengo un maravilloso presentimiento que no me deja casi respirar: algo va a ocurrir hoy y tengo que estar preparada para ello. Ven conmigo, cortaremos flores rojas de la ceiba para hacer un hermoso ramo; son las que más le gustan a mi hija.

«Ciruela de Agua» observó su cara pálida, donde sobresalía el intenso brillo de unos ojos negros como la noche.

Y tuvo miedo por ella.

16

El palacio
del Halach Uinic

H Batz y Ah Balantum se acercaron con lentitud.

La Luna, libre ya de las vaporosas nubes que hacía poco rato la habían ocultado a los ojos de los viajeros, lo iluminaba todo. Se miraron, aceptando lo inevitable del momento, ya que no podían hacer nada por remediarlo. Ah Acanceh, en un susurro, pronunció la terrible palabra agobiado por la pena.

—Cuch chimal (1).

Dejó en el suelo la carga. La de Ix Macachí cayó, sonando a quebrado al romperse en mil pedazos el ídolo del Dios de los Viajeros que llevaba entre sus pertenencias. Era un mal presagio, el signo de que no podría viajar con sus amigos.

—¿Adónde ibais? —Ah Balantum se dirigió al grupo, pero sólo miró a la muchacha.

_____
(1) Rendición. En ocasiones usada en el sentido de cobardía.

Ella levantó con dignidad la vista hacia él y contestó con valentía.

—Hacia Tulúm.

Ah Batz vio la tristeza y la impotencia reflejadas en su rostro. Por eso no quiso alargar más la tensión del momento y comenzó a desenrollar el dibujo que llevaba en las manos. Había claridad suficiente para que se pudieran observar todos los detalles de la pintura. Lo extendió delante del grupo y escrutó sus rostros. Los dos muchachos y Ah Acanceh gritaron un nombre al unísono, aterrados ante la vista de las joyas.

—¡Ix Macachí!

La muchacha abrió la boca, pero no emitió ningún sonido. De pronto aquel dibujo pareció cobrar vida, los cabellos flotaron al viento y las manos se extendieron hacia ella en un gesto suplicante al que acompañaba una encantadora sonrisa. Todo se envolvió en una espesa neblina que no le dejaba distinguir el fondo. Cuando se disipó, vio los inmensos jardines; la acequia rodeada de mirtos; los guardias con pectorales metálicos que chocaban con un ruido sordo contra los chimaz, los escudos de piel de tapir; las lanzas cubiertas con pieles de jaguar; y un trono de piedra labrada donde un hombre, adornado con los atributos de la realeza, conversaba con una mujer. Aquella mujer llevaba una falda roja bordada con nenúfares de jade y en su brazo derecho una pulsera de oro que representaba a una serpiente nahuyaca... Entonces, la cara de aquella mujer se hizo diáfana ante sus ojos. Y era la misma que estaba en aquella pintura. Exclamó en un susurro apenas perceptible.

—No soy yo. Es mi madre, «Dama Pluma de Quetzal», la esposa de Halach Uinic, mi padre.

Ah Zacboc sintió como si una pesada losa aprisionara su corazón y le impidiera todo movimiento. ¿Qué había dicho Ix Macachí? Con toda seguridad el miedo la había trastornado. Ella era la muchacha dibujada en aquel papel; y aquéllas, las joyas que les había entregado a Ah Cuy y a él el día que la conocieron. ¿Por qué decía aquella terrible mentira? Además, no se había tirado al suelo y embadurnado de tierra su frente al pronunciar el reverenciado nombre del Emperador. Los guerreros castigarían tal osadía; le atravesarían el cuerpo con sus lanzas y expondrían su cuerpo al sol hasta que su carne se despedazara a tiras y calcinaran sus huesos. Horrorizado, adelantó las manos hacia los guerreros en gesto suplicante.

—Por favor, no le hagáis caso. Se ha vuelto loca, perdonadla.

Ah Cuy sujetó sus brazos. Algo le decía interiormente que la muchacha decía la verdad. Aquellos movimientos delicados; las suaves maneras con las que se expresaba cuando aún no podía hablar; las suntuosas joyas que colgaban de su cuello y la naturalidad de sus imperativas miradas cuando deseaba algo; los conocimientos de los que hacía gala... Todo aquello debía haberles alertado sobre su regia cuna. Y habían estado ciegos, sólo preocupados de pensar en protegerla de alguien que la estaba buscando para devolverla a palacio. Separó a su amigo dulcemente hacia atrás.

—Dice la verdad, Zacboc, dice la verdad.

Ah Acanceh la miró y supo en aquel momento que la habían perdido, pero dio gracias a los dioses por haber podido conocerla y disfrutar de su ternura. No importaba, sabía que ella no podría olvidarlos jamás aunque volviera al lujo deslumbrante de su palacio; que no enterraría en su corazón el recuerdo de aquellos días en los que había sido tremendamente feliz en su casa, junto a su familia y sus vecinos que se habían desvivido por atenderla. Supo que siempre, siempre, conservarían su cariño; y aquel pensamiento llevó la paz a su corazón.

—Sí —decía en aquellos momentos Ah Balantum—, es tu madre, señora Chuntunah.

—Debemos ir a palacio —apuntó Ah Batz.

Zacboc fue el primero en echarse a la espalda el mecapal (1). De modo, pensó, que se llamaba Ix Chuntunah, «Piedra Preciosa». En su corazón, aunque siempre la habían nombrado como Ix Macachí, «Labios Sellados», seguiría recordándola con el primer nombre que él le impuso: Ixchel, la Diosa de la Luna, Señora del Arco Iris. Porque era tan inalcanzable ya como ella.

Iniciaron la marcha en silencio. Los primeros visitantes de la ciudad comenzaban a entrar por la Gran Puerta, cargados con las mercancías destinadas a venderse en la Plaza de las Mil Columnas. Se adelantaron a ellos y pararon a la entrada. Los guerreros que la custodiaban, al observar al grupo guiado por Ah Balantum y Ah Batz, retiraron las lanzas cru-

_____
(1) Bolsa para llevar la carga.

zadas delante de la puerta y saludaron a sus compañeros; después los dejaron pasar.

Caminando a buen paso bordearon el camino dejándolo a su izquierda y salieron a la explanada desde donde se dominaban los principales edificios de la ciudad. A la derecha se levantaba el gran Templo de Venus; enfrente de él, el Templo de los Tigres, custodiado por enormes columnas serpentinas. Al fondo, la plataforma del Juego de Pelota.

Ix Chuntunah recordó que a pocos pasos de donde se encontraban se iniciaba el Gran Sacbé número cinco, el que conducía al Cenote de Xtoloc, y más abajo se hallaba el Gran Caracol, el Observatorio Astronómico donde el Halach Uinic, su padre, le había enseñado las estrellas en noches tan diáfanas como la de aquellos momentos. Y sonrió emocionada.

Llegaron a las puertas del palacio. La cinta plateada del horizonte hacía resaltar los imponentes edificios de piedra. Zacboc dejó su carga en el suelo y abrió con nerviosismo la bolsa buscando algo que sacó al cabo de un momento.

—Esperadme, no tardo nada en volver.

Los guerreros no habían observado la acción, enfrascados en la conversación con los guardias de la puerta, que tenían sus lanzas cruzadas protegiendo la entrada con gesto fiero y miradas amenazadoras. Llevaban toda la noche de guardia y estaban a punto de ser sustituidos por los relevos que debían estar en su puesto hasta que se pusiera el sol. Después de un pequeño intercambio de noticias, se volvieron hacia la muchacha.

—Vamos, señora Chuntunah, podemos pasar.

Ella se volvió hacia sus amigos. Al notar la ausencia de Zacboc torció el ceño. Ah Cuy miraba nervioso hacia el sitio por donde había desaparecido.

—No tardará mucho. ¿No podemos esperarlo un momento?

—No, no podemos —aclaró Ah Balantum—. Va a amanecer pronto y queremos presentarnos ante «Dama Pluma de Quetzal» antes de que empiece sus obligaciones en palacio. Pasad con nosotros.

Ah Acanceh negó tristemente con la cabeza.

—Sin mi hijo, no.

Los dos se apartaron a un lado de la puerta con la mirada pendiente de la calzada.

—Bien —respondió Ah Balantum—, entonces, cuando llegue, entráis. Preguntad por las cocinas, allí estaremos esperándoos.

Junto con la muchacha desaparecieron en el interior del palacio. Al poco rato los dos guerreros fueron sustituidos por los que venían a relevarlos.

Ah Cuy señaló al fondo.

—Ahí llega.

Ah Zacboc, sin aliento, se colocó a su altura. En la

mano llevaba un envoltorio tapado con una fina hoja de papel de huun.

—Vamos, has tardado mucho.

Se dirigieron hacia la puerta. Los guerreros cruzaron sus lanzas.

—No se puede pasar. Es el palacio del Halach Uinic.

—Pero —explicó Ah Acanceh— tenemos permiso para entrar. Veníamos con Ah Batz y Ah Balantum, estábamos esperando a mi hijo.

—Los guardias que estaban aquí antes que nosotros no nos han dicho nada. ¡Atrás!

Ah Zacboc sintió una punzada fría en el corazón. Se adelantó con gesto decidido. Al momento, tenía las dos lanzas apoyadas en su pecho.

—Maldito campesino. ¡Atrás o te ensartamos como si fueras un tapir!

Ah Cuy y Ah Acanceh le sujetaron del brazo.

—Vámonos, ya has oído a los guerreros.

Se dieron la vuelta y comenzaron a andar apesadumbrados. Ah Zacboc se volvió.

—Esperad, voy a hablar un momento con ellos.

Cuando llegó a su lado, les dijo unas palabras que su padre y su amigo no pudieron oír y les entregó el envoltorio. El guerrero que se hizo cargo de él, con mala gana, lo miró de forma despectiva.

El muchacho regresó e iniciaron otra vez la marcha.

—¿Qué les has dado? —preguntó con curiosidad Ah Cuy.

Zacboc se ruborizó violentamente.

—Nada...

—Algo les has entregado, ¿qué contenía el envoltorio? —volvió a preguntar Ah Cuy, tozudo.

—Eran..., eran lirios de agua para una diosa.

Ah Cuy y Acanceh callaron en un emocionado recuerdo.

El sol estaba ya muy alto cuando llegaron a Yaxuna.

Fin

Epílogo

En la pulida calzada de las puertas del palacio, debido al fuerte calor de la mañana, un bello ramo de lirios de agua agonizaba lentamente...

Glosario

NOMBRES COMUNES

Agua virgen, agua sacada de los bejucos en lugares donde no hubieran pisado las mujeres.

Agutí, pequeño roedor del tamaño de un conejo, de color rojo oscuro. Apreciado por su carne y por su piel.

Ají, pimientos picantes.

Ajorcas, brazaletes.

Aljaba, caja para flechas. Carcaj.

Am, seis piedras que servían para la adivinación.

Años, llamados «tun» por los mayas. Constaban de 18 meses de veinte días y un mes de cinco días nefastos. Llegaron a tal altura en el cómputo del tiempo, que sólo acumularon un error de 0,08 de día cada 481 años, es decir, cada seis mil años, un día. La duración (en la astronomía moderna) del año es de 365,2422 días. En la astronomía de los mayas era de 365,2420 días.

Arrayán, árbol mirtáceo de flores blancas muy olorosas y fruto en baya de color azulado.

Balché, bebida hecha de agua y miel fermentada.

Bejucos, sarmientos huecos del árbol de madera flexible. Se usan para toda clase de ligaduras.

Batab, magistrados y gobernadores. Pertenecían a la nobleza hereditaria. Ejercían en sus distritos el poder ejecutivo y judicial. En tiempos de guerra, cada batab mandaba personalmente a sus propios soldados. Plural, bataboob.

Casa de los viajeros, casas abastecidas de todo lo necesario (alimentos, agua y combustible), para que los viajeros pudieran descansar.

Ceiba, llamada «yaxché» por los mayas, era el árbol sagrado bajo cuya sombra podían descansar y holgar eternamente.

Cenote, grandes pozos naturales, cavidades de formación natural, producidas por el hundimiento del suelo calizo que deja al descubierto la capa de agua subterránea. Algunos miden 60 m o más de diámetro. Numerosos en el extremo norte del Yucatán.

Col, campo destinado a la siembra del maíz, maizal.

Colibrí, pájaro minúsculo, de matices brillantes y vistosos. Los mayores son del tamaño de un abejorro.

Columnas serpentinas, columnas que semejan serpientes.

Comal, «xamach» en maya. Disco redondo que se coloca sobre el hogar y se espera a que se caliente. Se pone sobre él una hoja de plátano, y encima, las tortillas.

Copal, «pom». Resina del árbol de copal que se usaba como incienso en los rituales. Se preparaba en pastillas adornadas con líneas entrecruzadas, pintadas de color brillante azul turquesa. También se hacía en forma de bolas.

Cuch chimal, el acto de ponerse el escudo a la espalda y rendirse.

Chacmol, Chac Mool, figuras humanas que yacen sobre la espalda, con las rodillas y la cabeza levantadas, rodeando con las manos una especie de tazón esculpido a la altura del ombligo. Son esculturas de bulto.

Chic, animal perteneciente a la familia de los tejones. Caminaban en grandes manadas, se domesticaban y se tenían en casa.

Chilam, sacerdotes-adivinos. Sus funciones consistían en dar al pueblo la respuesta de los dioses. Eran muy respetados.

Chimaz, escudo cubierto de la piel del tapir o del manatí.

Chultun, cisternas subterráneas.

Días, entre los mayas se numeraban los días del mes, del 0 al 19. Cada día tenía su propio dios.

Danza de las chirimías, ejecutada por muchos hombres a la vez, que danzaban en círculo.

Emkú, literalmente «Descenso del Dios». Era una fiesta que se celebraba al cumplir los niños y niñas doce años. Entraban en la adolescencia y se integraban en los deberes familiares.

Estelas, lajas de piedra grabadas con observaciones y registros astronómicos. Estaban fechadas. La fecha más antigua, se cree que contemporánea de la escritura jeroglífica maya, está en la Placa de Leyden (8.14.3.1.1 en el calendario maya, 320 en el calendario cristiano).

Ex, taparrabos. Banda de tela de algodón, de cinco dedos de ancha, suficientemente larga para dar varias vueltas a la cintura. Eran tejidas en telares de mano y las dos puntas estaban bordadas más o menos fastuosamente con plumas.

Escritura, la escritura jeroglífica de los mayas era ideográfica, sus caracteres representaban ideas, no sonidos. Aunque algunos escritores afirman que tenían elementos fonéticos.

Guacamayos, especie de papagayos de plumaje rojo, azul y amarillo.

Gran cancha, Juego de Pelota donde jugaban al pok-a-tok.

Gran caracol, Observatorio Astronómico de Chichén Itzá. Mide 22,5 m de alto y tiene una terraza rectangular de 9,5 m de alto. Tenía una cámara de observación cerca de la cima; ventanas en las paredes fijaban visuales de importancia astronómica.

Gran puerta, situada a la entrada de Chichén Itzá.

Ha, chocolate. Literalmente «chacau-ha», palabra derivada del maya y recogida por los aztecas.

Henequén, especie de pita de la que se sacaban las fibras, se secaban y se peinaban para hacer cuerdas. Los arquitectos mayas la usaban para elevar grandes monumentos de piedra.

Huun, corteza de árbol que, al martillarla, se convertía en papel.

Jade, silicato natural de aluminio y calcio. Piedra verdosa, muy dura, para hacer objetos de arte.

Jícama, planta papilonácea con raíz tuberosa comestible.

Juego de Pelota, cancha donde se jugaba al pok-a-tok. La de Chichén Itzá tenía una planta rectangular de 168 m de largo por 70 m de ancho.

Kapok, fibra del árbol de la seda.

Katun, período de 20 años.

Kub, vestido de las mujeres. Primorosamente bordado a veces.

Malaquita, carbonato básico de cobre. Verde, de estructura fibrosa y brillo adamantino.

Mamey, árbol de flores blancas. Su fruto, de pulpa roja o amarilla, es aromático, dulce y muy sabroso.

Man, adivino. Hacían las veces de curanderos.

Mecapal, bolsa que se usaba para llevar la carga.

Mirtos, arrayanes.

Ná, casa. Constaba de una columna central, la «pata de la casa», y se trabajaba de forma circular. Después se pintaba de colores brillantes.

Noh ek, «La Gran Estrella». Recibía este nombre el planeta Venus.

Obsidiana, mineral volcánico vítreo, de color verde muy oscuro o negro y de estructura compacta.

Otzilén, «Señor, tenía necesidad». Oración que decían los mayas cuando habían matado la caza.

Patí, gran manta cuadrada de algodón, que se anudaba alrededor de los hombros y estaba decorada según la posición social de su dueño.

Plaza de las mil columnas, Gran Plaza abierta que se supone el mercado de Chichén Itzá, llena completamente de columnas, lo que le ha dado su nombre.

Plom, comerciante. Plural, ploms.

Pok-a-tok, juego de pelota. Se jugaba con pelotas de hule y con diez jugadores por cada lado. Los jugadores vestían el ex, sandalias, gruesos guantes y cubiertas protectoras en codos y caderas.

Pozol, harina de maíz disuelta en agua. Bebida básica por sus valores energéticos.

Quetzal, ave trepadora de América Central, con plumaje de vistosos colores y moño verde y sedoso. Era objeto de comercio en toda el área.

Rocalla, conjunto de fragmentos de roca. Además de otros fines, se usa como elemento decorativo en los jardines.

Popol-vuh (léase Popol-Vuj), libro sagrado de los maya-quichés de las tierras altas de Guatemala. Escrito en lengua quiché con caracteres latinos.

Sacbé, sac-blanco, bé-camino. Literalmente «Camino Blanco». Red de calzadas de piedra. Estaba formado de cal, grava gruesa y cemento. Estaban numerados según la importancia de las ciudades hacia donde se dirigían. Marcadores de piedra indicaban las distancias. Tenían una longitud que variaba desde 1,5 hasta 100 km.

Sahumador, vaso de barro en forma especial que tenía la cabeza o el cuerpo de alguna deidad modelada en su parte exterior.

Serpiente nahuyaca, tenía cuatro narices.

Tapir, «tzimín» en maya. Era el animal más grande

y peligroso de la selva: cuerpo grueso, patas cortas y cabeza grande. Comía hierba. Las pieles pasaban de padres a hijos, como herencia, por la importancia que tenía el haber matado a uno de estos animales.

Teas, trozos de madera que sirven como combustible.

Templo de los tigres, dedicado también a Kukulkán, con bellas representaciones de jaguares sedentes con manchas en la piel a manera de flores, devorando corazones humanos.

Templo de Venus, basamento de planta cuadrada de 25 m de lado. En los paneles se representa en bajorrelieve del planeta Venus. Está dedicado al dios Kukulkán, «La Serpiente Emplumada», Venus.

Tunkul, tambores verticales cuya altura llegaba al pecho de quien lo tocara.

Tzomplantli, «Lugar de los Cráneos». Plataforma baja de piedra, cubierta con cráneos humanos esculpidos en relieve.

Xul, vara de sembrar, puntiaguda, endurecida al fuego.

Xu ek, «La Estrella Avispa». Otro de los nombres que recibía el planeta Venus.

Yaxché, ceiba, sagrada para los mayas. Según su religión, hundía sus raíces en la tierra y llegaban hasta el inframundo.

Yuca, planta liliácea americana, de cuya gruesa raíz se extrae una harina alimenticia. La especie Yuca Brava es la mandioca.

NOMBRES PROPIOS

Los mayas, al igual que los aztecas e incas, ponían los nombres a sus hijos, de acuerdo con sus cualidades. Podían ser de animales, plantas o, simplemente, adjetivos calificativos acordes con su carácter. Para distinguir los masculinos de los femeninos, cuando se referían a ellos en tercera persona, usaban la partícula Ix para las mujeres (de Ixchel, «Diosa de la Luna»), y Ah para los hombres.

No así cuando se usaba en vocativo, para llamarse unos a otros. Tenían tres nombres diferentes: el «paal kaba», nombre de pila; el «naal kaba», apellidos combinados del padre y de la madre; y el «coco kaba», apodo.

Nombres femeninos usados en el libro.

Ix Abalá, «Ciruela de Agua». Literalmente, «agua de ciruela».

Ix Chacnicté, «Flor Encarnada».

Ix Chocohhá, «Manantial de Agua Salada» (léase Chocojá).

Ix Chuntunah, «Piedra Preciosa» (léase Chuntunaj).

Ix Ikoki, «Estrella del Atardecer».

Ix Itzamal, «Rocío que Desciende». Literalmente, «allí donde desciende el rocío».

Ix Itzhá, «Agua de Rocío» (léase Itzjá).

Ix Kanpepen, «Mariposa Amarilla».

Ix Kanhá, «Agua Amarilla» (léase Kanjá).

Ix Kukum, «Dama Pluma de Quetzal».

Ix Macachí, «Labios Sellados». Literalmente, «sella los labios».

Ix Ucum, «Paloma Torcaz».

Ix Xuayabté, «La Soñadora».

Ix Zac Nicté, «Rosa Blanca».

Ix Zucilá, «Agua Mansa».

Ix Zusubhá, «Remolino de Agua que da Vueltas» (léase Zusubjá).

Nombres masculinos usados en el libro.

Ah Acanceh, «Lamento de Ciervo» (léase Acancej).

Ah Balantum, «Piedra Cubierta».

Ah Balam Agab, «Tigre de la Noche» (según el Popol Vuh, Balam Agab fue uno de los cuatro hombres que en primer lugar fueron creados y formados por los dioses).

Ah Balam Quitzé, «Tigre de la Dulce Sonrisa» (según el Popol Vuh, fue compañero de Balam Agab).

Ah Batz, «Hilo de Algodón» (Batz es el undécimo signo, o día, en el calendario de los maya-tzendales, de los maya-quichés y de los cakchiqueles. Todos ellos en el área maya).

Ah Butsil, «Humo». Deriva el nombre de Butsil-há, «río de neblina». Es el Butsijá, afluente del Usumacinta.

Ah Caha Paluna, «Agua que cae Verticalmente» (Caha Paluna era, según el Popol Vuh, la esposa de Balam Quitzé. Al añadirle la partícula Ah, lo he transformado en masculino).

Ah Canchakan, «Prado Alto».

Ah Cumatz, «Culebra» (literalmente, «serpiente»).

Ah Cuy, «Lechuza».

Ah Chebalam, «Palo de Tigre».

Ah Halach Uinic, «Hombre Verdadero». Es posible que además del más alto funcionario ejecutivo y administrativo, el Emperador en nuestra concepción occidental, fuera también la autoridad eclesiástica de mayor categoría.

Ah Iqi Balam, o Ikbalam, «El Tigre de la Luna». Otro de los personajes del Popol Vuh creado por los dioses.

Ah Sayabtun, «Fuente de Piedra».

Ah Tok, «Cuchillo de Pedernal».

Ah Tumbahá, «Agua Nueva» (léase Tumbajá).

Ah Xuahxim, «Pan de Maíz» (léase Xuajxim).

Ah Zacboc, «Garza Blanca».

NOMBRES GEOGRÁFICOS

Cobá, situada en el NO de Yucatán, a 30 km del mar. Era muy antigua. En las estelas, o marcadores del tiempo, estaba fechada en el 9 Ahau (año 628 en el calendario cristiano). Está rodeada de cinco lagos pequeños, rarísimo rasgo fisiográfico en la tierra llana y desprovista de agua del N de Yucatán.

Cozumel (Isla de), Isla de las Golondrinas. Situada en la costa oriental de la Península del Yucatán, enfrente de Tulúm. Allí iban los mayas al santuario de Ixchel, «Diosa de la Luna», visita obligada al menos una vez en la vida.

Chichén Itzá, situada hacia el N de la Península del Yucatán, construida aproximadamente en el año 452 a. de C., alcanzó su apogeo en los siglos XI y XII. Fue uno de los más grandes y suntuosos centros ceremoniales, donde iban peregrinos de todos los lugares para invocar a sus dioses. «Ciudad de los Brujos del Agua», su nombre está compuesto de chi-boca, chen-pozo, its-brujo, há-agua. Literalmente, «En la Boca del Pozo del Brujo del Agua».

Tikal, la ciudad más grande de la civilización maya y probablemente la más antigua. Situada en el N y centro del Petén. Centro cívico y ceremonial, tiene seis grandes templos-pirámides.

Tulúm, «Ciudad Amurallada». Situada en la costa oriental de la Península del Yucatán, al NE. Centro ceremonial.

Xelhá, importante ciudad situada al N de Tulúm. Era más pequeña que ésta y también tenía una muralla protectora. El camino que salía de ella conducía al interior de la Península del Yucatán.

Xtoloc (Cenote de Xtoloc). Fuente de abastecimiento de agua de Chichén Itzá.

El Panteón Maya tiene multitud de dioses. Se conocen 166 deidades, más 30 identificadas en los códices. Si a esto sumamos el que cada divinidad son en realidad cuatro (cada una rige una dirección y tiene un color), además de la concepción dual hombre/mujer de cada dios, nos encontramos con que, al igual que todos los pueblos de su área, practicaban una especie de panteísmo. Había una religión para la élite, abstracta, a la que sólo podían acceder los sacerdotes, y otra para el pueblo llano.

Como resulta imposible explicar la función de todos ellos, ya que trascendería la finalidad de este libro, sólo daremos cuenta de los que se nombran en el mismo.

Chac, Chaac, Dios de la Lluvia. Está representado en los códices con una larga nariz y dos colmillos enrollados que le salen de la boca hacia abajo. En el «Códice Tro-Cortesiano», el jeroglífico de su nombre tiene un ojo en forma de T.

Chuah, Ek Chuac, Dios negro de la Guerra. Empuña en su mano derecha dos jabalinas y una vara larga, apuntando las tres hacia abajo («Códice de Dresde»).

Ixchel, Diosa de la Luna y Señora del Arco Iris. Era la esposa de Itzamná y también Diosa de los Embarazos y la inventora del arte de tejer.

Itzamná, Itzám-lagarto y Ná-casa. Literalmente, «Casa del Lagarto». Se destaca a la cabeza del Panteón Maya y estaba considerado como el Señor de los Cielos, de la Noche y del Día. Y Dios del Sol. Inventor de la escritura y de los libros (Dios de la élite).

Kukulkán, o Kukulcán. Kukul-pájaro quetzal, Cánserpiente, «Serpiente Emplumada», era el héroe cultural tolteca (el Quetzalcóatl mexicano), parece ser un rey exiliado de Tula, notable por sus grandes conquistas.

Taller
de lectura

Acabas de gozar de la experiencia de otra cultura algo lejana en el tiempo. El pueblo maya existió en la América precolombina; sus costumbres, nombres, ritos y construcciones te habrán sorprendido por su belleza y por la sabia presentación que la autora, experta en estos temas, ha sabido grabar a lo largo de una introducción y dieciséis capítulos.

Ahora vamos a recorrer de nuevo la historia de los jóvenes personajes, para gozar con algunos de sus aspectos más interesantes desde el comentario y desde el recuerdo.

Introducción

Para empezar nuestra andadura podemos formar tres grupos: el primero puede trabajar un mapa donde se localicen nombres y hechos que aparecen en la Introducción.

El segundo grupo puede hacer el resumen de cuanto en estas dos páginas nos explica la autora.

El tercero puede recortar, dibujar, pegar y adornar con motivos mayas un mural o cartulina que recoja los trabajos de los otros dos grupos.

Para terminar, una vez expuesto el mural en clase, un portavoz de cada grupo explicará el trabajo realizado con los compañeros.

Os será de gran utilidad la lectura atenta y reposada de las páginas finales dedicadas a «*Nombres comunes*» y «*Nombres propios*».

1. Los amigos

En el primer capítulo se nos cuenta el principio de la historia. Habrás observado que abunda en términos lingüísticos de la cultura maya.

1.1. Nombres propios de personas. Haz una lista de nombres y, si lo encuentras, aclara su interpretación en castellano:

- Ah Zacboc
- ....
- ....
- ....
- ....
- ....

- Garza Blanca
- ....
- ....
- ....
- ....
- ....

1.2. También aparecen algunos nombres propios geográficos:

Bahía de ....

Provincia de ....

Pueblos de .... y ....

1.3. ¿Has descubierto cómo se dice en la lengua maya...?

Casa: ....   Vestido: ....

1.4. Escribe los nombres que faltan en este árbol genealógico:

Lamento de Ciervo	Agua de Rocío
....	....

↓   ↓   ↓

	Garza Blanca	
	....	

1.5. El capítulo primero de esta historia está dividido en tres partes.

● ¿Qué ocurre en la primera?

....

....

....

● En la segunda aparecen los dos niños amigos que vivían en Tulúm. Hay una magnífica *descripción* de la ciudad y del paisaje.

Resume esta descripción:

....

....

....

....

● En la tercera se vuelve a hablar de la niña perdida. ¿Cómo iba vestida? No olvides los detalles y los adornos.

....

....

....

....

....

1.6. Explica el significado de las siguientes palabras y expresiones. Busca el sentido que tienen en el contexto de este capítulo:

● Una adolescente ....

....

● Collar de oro y jade ....

....

● Pendientes del mismo engarce ....

....

- El vello de los brazos se le erizó ....
....

- Una colmena silvestre ....
....

- Largas guedejas de cabello ....
....

En el relato siguen apareciendo nombres de nuevos personajes. Todos ellos tienen curiosos significados. Este original modo de llamar a las personas lo habrás visto en películas de indios americanos.

1.7. Haz dos árboles genealógicos, parecidos al del capítulo anterior, con los siguientes nombres:

Ah Cuy Ah Butsil Ix Chocohhá	

Ix Ucum Ix Zucilá Ix Xuayabté Ah Tumbahá	

1.8. Volvamos a la niña perdida. Al final del capítulo 1 leemos que tenía hambre.

Explica dónde estaba y qué miraba.

....

....

....

....

....

....

....

1.9. Observa en el texto cómo la hermana de Zacboc dice de memoria los números. ¿Sabrías tú escribir el nombre de esas cifras?

1.10. Opina.

En muchas culturas los hombres gozan de ciertos privilegios a los que no tienen acceso las mujeres. Aquí ves cómo Zacboc sabe más que su hermana.

¿Qué te parece el hecho de que siga ocurriendo así en muchos lugares del mundo?

....

....

....

....

....

2. La desaparición de Ix Chuntunah

Hasta aquí los personajes de la historia se han movido en escenarios de la naturaleza y en el pueblo de Tulúm.

2.1. Recuerda a los personajes del capítulo 3.

Une los cuadros que se correspondan:

Ix Kukum	«Hombre Verdadero»
Halach Uinic	«Piedra Preciosa»
Ix Abalá	«Ciruela de Agua»
Ix Chuntunah	«Dama Pluma de Quetzal»

2.2. Interpreta las siguientes expresiones:

● Pulida obsidiana ....

....

● Ojeras violáceas ....

....

● Finísima muselina roja ....

....

● Ojos negros como la noche ....

....

2.3. Recuerda la relación que existía entre:

- Ix Kukum y el Halach Uinic ....
- Ix Abalá e Ix Kukum ....
- Ix Chuntunah y el Halach Uinic ....
- Ix Kukum e Ix Chuntunah ....

2.4. Narra lo que le contaron los guardias a la esclava más joven sobre la última vez que vieron a la hija del Emperador.

....
....
....
....

2.5. Describe el camino que siguieron los mensajeros en busca de Ix Chuntunah. Dibuja un mapa con la ruta, el punto de partida, pueblos recorridos y lugar de regreso.

2.6. Dibuja la ilustración que más te guste del libro. Ilumínala con colores. (Usa tu cuaderno.)

2.7. Resume el argumento del capítulo 4.

....
....
....
....

2.8. La niña no podía hablar. Con gestos y movimientos del cuerpo respondía las preguntas de los dos amigos.

Observa:

- *«Elevó los hombros en un gesto de duda.»*
- *«El gesto de la muchacha fue afirmativo y la cara se le iluminó con una encantadora sonrisa.»*
- *«Ella movía negativamente la cabeza con gestos rápidos.»*

Busca tú otras expresiones gestuales parecidas a éstas y explica lo que quiere decir cada una.

- ....
  ....
- ....
  ....
- ....
  ....

2.9. La comparación es uno de los recursos estilísticos que embellecen la expresión narrativa de esta historia.

Sigue escribiendo otras comparaciones semejantes a ésta:

- «Se arrastraron *como sinuosos reptiles.*»
- ....
- ....

2.10. Enumera todos los motivos que tenían los dos muchachos para pensar que la niña pertenecía a una familia rica.

* ....
* ....
* ....
* ....

2.11. Seguramente has estudiado que la *hipérbole* es un recurso estilístico que consiste en exagerar algún aspecto relacionado con los personajes del relato.

Observa y busca tú otras:

* «... está muerta de hambre».
* ....
* ....

2.12. En equipo.

Vamos a pensar en los niños que no pueden hablar. Los niños mudos pueden ir a la escuela y trabajar como los demás si hay un ambiente de acogida y de interés por ayudarlos.

En equipo vais a *dramatizar* esta misma situación del capítulo 4. Que el «papel» de muda o mudo lo vayan interpretando diferentes compañeros.

¿Es difícil?

¡Manos a la obra!

3. La partida de los guerreros

En esta ocasión los protagonistas del relato son los dos mensajeros.

Juana Aurora Mayoral hace alarde de exquisito gusto al describir un jardín en el palacio de la señora Kukum.

3.1. Lee la primera página del capítulo 5.

Describe un jardín que tú recuerdes o que imagines. Una buena descripción es como una pintura..., pero con palabras.

....

....

....

3.2. Dibuja el jardín que se describe en el libro. No olvides ningún detalle: colores, flores, acequias, setos, macetones...

3.3. Infórmate sobre nombres de pájaros, plantas, animales, etc., que procedan de las lenguas habladas en América antes de la llegada de los españoles. Escríbelos aquí. (Puedes mirar las páginas finales del libro.)

....	....	....
....	....	....
....	....	....
....	....	....

En equipo.

Siguiendo todos los detalles de la descripción que encontraréis en el capítulo 5, haced en arcilla, plastilina, pasta de papel o papeles recortados y pegados, la figura de Ix Chuntunah tal como la interpretáis en la lectura.

Podéis hacer una pequeña exposición con los trabajos de cada equipo. Un portavoz aclarará los detalles, adornos, vestuario, joyas, materiales, etc.

3.5. Familias.

Pinta del mismo color cada grupo de círculos cuyos contenidos se relacionen entre sí:

3.6. Cuenta por escrito lo que vieron los dos guerre-ros-mensajeros al entrar secretamente en el templo de Venus:

....

....

....

....

....

....

....

....

«Pan de Maíz», hermano de Zacboc, era un niño pe-queño. En el capítulo 6, se habla de un difícil mo-mento en la vida familiar. El pequeño enfermó. Ni el hechicero ni los tratamientos daban con el remedio.

3.7. Juega a detectives: *¿Qué debían hacer para cu-rarle?*

A continuación hay un mensaje extraño. Si seleccio-nas diez palabras, en el mismo orden que aparecen, encontrarás la solución:

«ir muy contentos en trajes de peregrinación para ju-gar al escondite en el santuario de los bosques y la cueva de la isla de un archipiélago llamado Cozu-mel».

(La primera palabra del mensaje es «*ir*», y la última, «*Cozumel*».)

3.8. Sopa de letras.

Busca diez nombres propios de persona que aparecen en el capítulo 6.

```
M  A  A  X  C  H  A  K
H  C  A  U  L  X  Z  A
E  O  L  A  E  A  A  N
C  Z  I  H  H  H  C  P
N  U  C  X  C  Z  B  E
A  M  V  I  X  T  O  P
C  E  Z  M  I  I  C  E
A  L  E  H  C  X  I  N
```

3.9. Infórmate con ayuda del diccionario sobre el significado de las siguientes palabras. (Procura que tengan sentido en el contexto; capítulo 6.)

hechicero: ....

afloraba: ....

regazo: ....

manatí: ....

tapir: ....

nicho: ....

cerbatana: ....

3.10. Construye expresiones según el modelo que utiliza la autora en este capítulo:

«Desanduvo lo andado.»

Ejemplo: «Deshizo lo hecho.»

- ....
- ....
- ....
- ....

3.11. Averigua, si eres observador, cómo se dice «manta» en el lenguaje de los protagonistas. Has de seleccionar las letras dentro de este texto:

«... el mar estaba picado a causa del viento y se veían grandes lazos de espuma que chocaban violentamente contra la proa...».

Letras:				
se repiten	3 veces	17 veces	5 veces	4 veces

3.12. Los personajes de esta historia pertenecían a una cultura con raigambre religiosa. Una de sus obligaciones consistía en peregrinar a la isla de Cozumel, donde estaba el santuario de su diosa Ixchel.

Investiga qué otra religión importante de la actualidad tiene una obligación similar.

Formad equipos y construid murales con dibujos, recortes, frases, etc., sobre esta religión y sus costumbres.

4. La investigación de los guerreros

En todas las obras narrativas aparecen dos elementos que forman parte de la misma narración.

Son el *tiempo* y el *espacio*.

A lo largo de esta historia hay frases y expresiones que hacen alusión al tiempo. La narración se desarrolla en sucesivos momentos.

4.1. Observa una de las indicaciones que aparecen en este capítulo y busca tú otras. Cópialas a continuación.

«Aunque prometieron volver antes de un mes, ya había comenzado el tercero y no habían aparecido.»

- ....
....
....
....
- ....
....
....
....
- ....
....
....
....

4.2. ¿Cuánto tiempo crees tú que transcurre desde el principio hasta el final de esta historia?

....

Demuéstralo con argumentos del propio libro:

....

....

....

....

....

4.3. También has observado que la acción se desarrolla en diferentes espacios. Haz una lista de los lugares más frecuentes que sirven de escenario a la novela:

El palacio   ....

....

....

....

....

....

....

4.4. Imagínate que eres protagonista de la narración y quieres dejar oculto un plano o mapa de los lugares donde transcurre la historia. ¿Cómo lo harías?

(Usa tu cuaderno.)

4.5. Oriéntate según las indicaciones que frecuente- mente aparecen en la narración:

«—¡De Tikal...! —contestó Zacboc—. Pero está muy lejos, hacia el sur; ¿no? ¿Cómo pudo la esclava haber huido tan lejos?»

Busca tú otras explicaciones semejantes que sirvan para orientarse en el espacio:

- ....
....
....
- ....
....
....

4.6. Para adornar el relato, la autora se vale de figu- ras literarias. Ahora vamos a buscar adjetivos. Apare- cen en el fragmento que explica cómo Ix Kukum pre- senció una clase en los jardines de palacio. Cópialos junto al nombre que califican.

Ejemplos:

frondosa palmera   ....

repentino pudor   ....

....

....

....

....

4.7. La cultura de los mayas era diferente a la que nosotros tenemos. No obstante, en la nuestra y en la de ellos había elementos comunes.

Busca algunos objetos, utensilios, edificios, vestidos, etcétera, que aparezcan en las dos formas de vida. Escríbelos.

Ejemplo: jardín, ciudades, vestido, cortina...

....

....

....

....

....

....

....

....

....

....

4.8. En el capítulo 8 se habla de una *hoja de huun,* «el papel martillado» que se usa para hacer los libros.

A lo largo de la historia se ha escrito y pintado sobre paredes, piedras, barro, papiro, pergamino, papel...

Infórmate sobre los materiales usados a lo largo de la historia de la escritura. Realiza un trabajo sobre el tema. Podéis trabajar en equipo.

(Utiliza tu cuaderno.)

4.9. La *personificación* es un recurso literario que consiste en atribuir cualidades de persona a seres que no lo son: árboles, montes, animales...

Explica por qué hay una personificación en el siguiente fragmento:

«Pero, ¿tú no has notado que la ceiba que mandaste plantar en el jardín cuando ella nació eleva sus ramas cuajadas de flores rojas y brillantes al cielo? Ese árbol espera su llegada. Cuando vuelva, seguirá adornando con sus pétalos su negra cabellera...»

....

....

....

4.10. Localiza o inventa tú otra personificación relacionada con esta historia.

....

....

....

4.11. La madre de Zacboc y la madre de la niña-princesa son dos mujeres excepcionales.

Zacboc quiere contarle a la suya su gran secreto y descubre que ella ya lo sabía. El niño se preguntó *si eran así todas las madres.*

Tú, ¿qué crees? Narra algún suceso, gesto o detalle que demuestre la grandeza, la bondad, el cariño de una madre.

5. Festival y caza

En varias páginas de este libro se habla de la caza.

Preparativos, animales, flechas, reparto de la carne...

5.1. Infórmate: sobre diferentes formas de cazar a lo largo de la historia.

Investiga: sobre armas y formas de cazar. Haz un trabajo-resumen. Puedes aportar dibujos, recortes y fotografías.

Podéis trabajar en equipo.

La actividad termina con la exposición y explicación oral de cada trabajo.

5.2. La autora ha utilizado un bonito recurso para contar una historia dentro de otra historia. La anciana Ix Xuayabté, «La Soñadora», narra un bonito cuento sobre el *pájaro cambul*.

Dramatizad la historia que contó la anciana.

- Distribuid los papeles.

- Ensayad.

- Representad en clase.

5.3. La misma anciana describe, a una niñita que tenía a su lado, la ceremonia del Emkú.

Resume en qué consistió el festival del Emkú. Procura no olvidar el orden cronológico y los detalles.

....

....

....

....

....

....

....

5.4. Otra historia dentro de la narración larga es la que guardaba en secreto Balantum. ¿Por qué le molestaba tanto ver niñas maltratadas?

Inventa una historia breve que sirva de respuesta a esta pregunta.

....

....

....

....

....

....

....

....

....

....

6. El retrato vivo de la niña

Un sacerdote dibujante fue capaz de reproducir un dibujo de la niña desaparecida. Lo consiguió pintando, a tamaño natural, a la madre con rasgos de jovencita.

6.1. Describe cómo era la imagen dibujada: tamaño, vestidos, colores, adornos...

....
....
....
....
....
....
....

6.2. En el capítulo 11 se nos habla de algunos recuerdos «borrosos» que acudían a la mente de «Labios Sellados». ¿Cuáles eran?

....
....
....
....
....
....
....

6.3. Un buen lector debe leer con *rapidez* cuando lo hace silenciosamente. Además ha de *comprender* lo que lee y ha de *recordar* el mensaje recibido, hasta en sus pequeños detalles.

¿Recuerdas? Contesta verdadero (V) o falso (F).

1. La niña muda aceptó irse a vivir con sus amigos. ☐

2. Al marchar, llevaba en sus brazos el pequeño chic. ☐

3. Zacboc le había quitado el peso que llevaba. ☐

4. Llegaron al árbol donde se vieron por primera vez y lo reconoció. ☐

5. Se encontraron con los padres de los niños que venían de cazar. ☐

6. Los guerreros ya no seguían buscando a la niña. ☐

7. Ella recordaba haber llevado el collar y los pendientes. ☐

8. También le venían a la memoria: flores, jardines y acequias. ☐

9. Recordaba la cara de una mujer a su lado. ☐

10. Tenía muy claro que no había robado las joyas. ☐

Ponte tú mismo la nota de cero a diez. Todas son V menos la 6, la 9 y la 10, que son F.

¿Comprendes?

Contesta sí o no.

1. ¿Ciruela de Agua quería mucho a la señora?

2. ¿«Tengo un nudo en la garganta» es estar muda?

3. ¿Kukum quería un dibujo para perpetuar su belleza?

4. ¿Pidió que la rejuvenecieran para parecer su propia hija?

5. ¿La señora Kukum pensaba usar el gran dibujo?

6. ¿Llevaba el mismo vestido y el mismo tocado que su hija?

7. ¿Le pagó mucho dinero al sacerdote dibujante?

8. ¿La tira de papel era del tamaño de la señora?

9. ¿Se llevó el dibujo un mensajero en busca de los guerreros?

10. ¿Salió al cabo de tres días?

Califícate tú mismo de cero a diez. Las respuestas son:

1- SÍ	3- NO	5- SÍ	7- NO	9- SÍ
2- NO	4- SÍ	6- SÍ	8- SÍ	10-NO

7. Viajeros entre la multitud

Un viaje a pie, atravesando campos y ciudades, hasta llegar a Chichén Itzá.

7.1. Responde:

● ¿Qué novedad importantísima aparece en el capítulo 12?

Se trata de la niña muda:

....

....

● ¿Quiénes acompañaron a la niña en el viaje?

....

....

● ¿Dónde guardaba el mensajero Ah Canchakan los dos mensajes?

....

....

● En el mismo lugar que se encontraron el mensajero y los guerreros, ¿qué otros personajes de interés había?

....

....

....

....

7.2. La autora de este libro da muestra de un gran conocimiento sobre la cultura de los mayas.

Detalla los indicadores que te permiten asegurar lo anteriormente expuesto.

Ejemplo:

Los nombres propios, las ciudades, las costumbres...

....

....

....

7.3. Si tuvieras que escribir una historia o novela sobre los indios «aztecas» de Méjico, los «incas» de Perú o los «araucanos» de Chile, ¿cómo te prepararías?

....

....

....

....

....

....

....

....

....

....

....

7.4. Al final del capítulo 13, la madre de Zacboc, Itzhá, recibió la visita de los guerreros, que llevaban el dibujo de «Dama Pluma de Quetzal».

Ella les atendió con dulzura, les invitó a tomar pozol y les dijo la verdad sobre el paradero de la niña.

Una de estas razones es cierta. Pinta de color la que tú consideres verdadera y razona tu elección.

1.ª Les contó dónde estaba la niña porque pensó que decían la verdad y que interesaba encontrarla pronto para devolverla a sus padres.

2.ª Les dijo dónde podrían encontrar a la niña por miedo a que castigaran a su familia por haberla ocultado.

3.ª Itzhá ayudó a los dos guerreros porque así la recompensarían con un buen premio y con una mejora económica.

Es verdad la .... porque ....
....
....
....
....
....

8. La vuelta a palacio

Toda historia tiene su final. La niña ha recuperado el habla, ha reconocido el dibujo de su madre y ha recordado cuál era su hogar y quién era su familia.

8.1. *«La ciudad era un hervidero de gente.»*

Explica esta frase. Razona por qué.

....

....

....

....

....

8.2. Vainilla, perlas, joyas, alfombras, tejidos... Las mercancías llamaban la atención de los compradores y de los curiosos.

Imagina un mercado exótico en un lugar lejano y describe con detalle los puestos y las mercancías que se exhiben allí.

....

....

....

....

....

....

8.3. Contesta:

¿Qué le sucedió a Kukum el día que fue al mercado y compró a una campesina una pieza tejida con dibujos de flores y naranjas?

....

....

....

¿Qué soñó Ix Kukum la noche que salió al jardín y a la muralla?

....

....

....

8.4. Zacboc recordó los tres nombres de la niña, ahora princesa:

- Ix Chuntunah   «Piedra Preciosa»

- Ix Macachí   «Labios Sellados»

- Ixchel   «Diosa de la Luna»

Él le había impuesto el de Ixchel, Diosa de la Luna, Señora del Arco Iris, y así la recordaría siempre porque era tan inalcanzable como ella.

Inventa un final a esta historia. «Tú eras Zacboc...» ¿Cómo te gustaría que terminara?

Leed en clase los diferentes finales y elegid el que os guste más.

Índice

Series *de la colección*

 Aventuras

 Ciencia Ficción

 Cuentos

 Humor

 Misterio

 Novela Histórica

 Novela Realista

 Poesía

 Teatro

Títulos publicados